KB047335

우리 집으로 건너온 장미꽃처럼

시가 이렇게 왔습니다

우리 집으로 건너온
장미꽃처럼

시가 이렇게 왔습니다

이기철 지음

문학사상

함께 가기 위하여

새들은 울음 하나로 제 가진 기쁨과 슬픔을 전합니다. 그러나 사람은 천 가지 말을 사용하고도 제 마음 하날 제대로 전달하지 못해 바장입니다. 말은 고정되어 있는데 마음은 천 가지의 옷을 갈아입기 때문입니다. 마음의 빛깔이란 가없어서 무슨 물색의 옷을 입혀야 제 모습을 전할 수 있을까 고심합니다. 슬프고 기쁜, 애달프고 안타까운 마음, 그런 마음을 한데 뭉쳐 '그리움'이라 일러왔지만 '그리움'이라는 말이 가지는 파문의 번짐이 어디까지인지는 대답한 사람이 없습니다. 그 번짐의 한가운데 서서 마음의 높낮이와 마음의 빛깔을 전하려고 사람들은 시를 만들고 노래를 만듭니다.

일찍부터 나는 봄날같이 따뜻한 시를 쓰려 했습니다. 냇물을 건너온 실바람 같은 시를 쓰려 했습니다. 아무도 보는 사람 없어도 제 신명으로 붉게 피었다 지는 풀꽃 같은 시를 쓰려 했습니다. 길가에 흩어진 바지랑대 끝에서 오지 않는 짝을 기다리는 곤줄박이의 노래 같은 시를 쓰려 했습니다. 시 한 줄로 슬픔을 빗질할 수 있는 시, 세상의 연인들이 쓰는 편지의 첫 구절 같은 시를 쓰려 했습니다.

현란한 말들을 구기고 펴서 시를 만든 일은 없습니다. 구름같이 일었다 스러지는 오만 가지 생각과 마음의 빛깔들을 내 마음의 색연필로 베꼈습니다. 시 아니고는 다른 말로는 표현할 그릇이 없을 때 시에게 바리때를 내민 적은 있습니다.

그동안 써온 천여 편의 시 가운데서 쉰네 편의 시를 골랐습니다. 그리고 쉰네 편의 시를 쓸 때의 심정을 흰 종이 위에 잉크를 붓듯 쏟아놓았습니다. 고백록이라 해도 좋고 시작 배경이라 해도 좋고 자작시 해설이라 해도 상관은 없습니다. 이 책의 글들이 행여 시를 쓰는 분들을 위한 조언이 되고 작은 길잡이가 될 수 있다면 큰 행운으로 삼겠습니다.

오늘도 이웃집 넝쿨장미가 자꾸만 우리 집으로 건너오고 있네요. 시도 사람과 사람의 담장을 허물고 마음을 넘겨주고 받는 그런 햇빛이 되고 바람이 되고 꽃이 되었으면 좋겠습니다.

2021년 가을
석류꽃 그늘 아래 시집을 놓아두고
이기철李起哲

차례

제2부

바람의 손가락이 꽃잎을 만질 때

제3부

아침에 어린 나무에게 말 걸었다

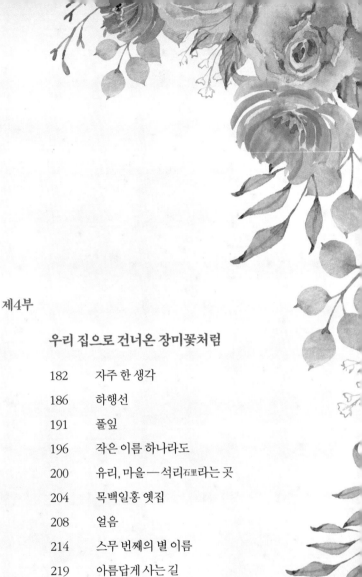

제4부

우리 집으로 건너온 장미꽃처럼

제5부

햇빛 한 쟁반의 행복

제1부

나비가 날아간 길을 알고 있다

어린 나무의 작은 가지에 손을 얹으며 약속했습니다.

오래 무사하자고, 함께 내일로 가자고.

어떤 이름

어떤 이름을 부르면
마음속에 등불 켜진다
그를 만나러 가는 길은
나지막하고 따뜻해서
그만 거기 주저앉고 싶어진다
애린이란 그런 것이다

어떤 이름을 부르면
가슴이 저며온다
흰 종이 위에 노랑나비를 앉히고
맨발로 그를 찾아간다
아무리 둘러보아도 그는 없다
연모란 그런 것이다

풀이라 부르면 풀물이, 불이라 부르면 불꽃이
물이라 부르면 물결이 이는 이름이 있다

부르면 옷소매가 젖는 이름이 있다
사랑이란 그런 것이다

어떤 이름을 부르면 별이 뜨고
어떤 이름을 부르면 풀밭 위를 바람이 지나고
은장도 같은 초저녁별이 뜬다
그리움이란 그런 것이다

부를 이름 있어
가슴으로만 부를 이름 있어
우리의 하루는 풀잎처럼 살아 있다

길을 걸으며 발아래를 내려다봅니다. 깨진 사금파리에 햇볕이 가득 담겨 있고 그 곁에는 제비꽃, 패랭이꽃이 생각에 잠긴 얼굴로 피어 있습니다. 꽃순을 밟을까 조심스레 발을 옮깁니다. 부리가 하얀 새들이 풀씨를 쪼고 이름 없는 풀꽃들이 제 이름을 지어 달라고 입술을 쫑긋거립니다. 수제비풀, 우산풀, 병아리꽃, 이질풀, 각시꽃, 처녀치마꽃 그런 이름들을 내 마음대로 불러봅니다. 설령 풀과 꽃 이름이 조금 틀린다고 한들 무에 상관이겠습니까. 어떤 꽃들도 처음 부른 사람이 제 마음대로 불러서 이름이 된 것 아니겠습니까.

아름다운 사람의 눈에는 아름다움만 보입니다. 아름답다는 것은 무엇일까요? 꽃이 아름답다는 것은 눈이 본 것이고 음악이 아름답다는 것은 귀가 들은 것입니다. 그러니까 아름다움은 시각과 청각이 함께한 감각의 융합입니다. 그것을 우리는 공감각이라고도 합니다. 궁극적으로 아름다움은 진실이고 진실은 아름다움입니다.

봄바람이 아무리 차가워도 잎을 피우고 가을바람이 아무리 따뜻해도 잎을 지웁니다. 시의 말이 아무리 차가워도 사랑의 언어를 만들고 소설의 말이 아무리 따뜻해도 전쟁을 묘사합니다. 그러기에 시는 아름다움을 향해 걸어가고 소설은 숭고와 장엄을 향해 걸어갑니다.

나는 십 대에 스탕달의 소설《적과 흑》의 주인공 쥘리엥 소렐에 열광한 적이 있고 고미카와 준페이의 소설《인간의 조건》에서 가지와 미치코의 비극적 사랑에 흠뻑 빠진 적이 있습니다.《적과 흑》에서는 소설의 문장을 시로 읽었고《인간의 조건》에서는 죽음을 안고 미치코를 향해 가는 가지의 본능적 사랑에서 눈물의 서사를 읽었습니다. 사랑이 아무리 어린 시절 강가의 모래성 쌓기 놀이에 불과하다 하더라도 그 아린 사랑과 비애를 달래는 정서가 없으면 시를 쓸 수가 없다는 것도 그때 은연중 깨달았습니다.

나는 가끔 꽃들도 화장을 한다는 터무니없는 말을 시에 씁니다. 꽃들이 저리도 예쁜 것은 걔들이 하루 종일 햇빛을 받으며 더 예뻐지려고 제 얼굴에 톡톡 화장을 한다는 생각 말입니다. 꽃들이 제 얼굴을 만지며 분을 바르고 연지를 찍는다고 생각하면 꽃이 더 예뻐 보입니다.

오늘은 아침 산책길에서 풀잎 끝에 맺힌 이슬을 보았습니다. 저 이슬은 내 눈길에서 멀어지는 순간 땅으로 떨어지고 말 것입니다. 그러나 이슬의 그 맑고 깨끗한 얼굴은 돌아와 책상에 앉아도 물방울처럼 오래 마음을 적십니다. 이 시는 그때 얻은 해맑고 애틋한 마음을 쓴 것입니다. 애린, 연모, 사랑, 그리움, 그 위에 피우는 촛불 한 자루의 동경, 오늘은 사람의 이름을 외며 백 년을 걸어서 집으로 왔습니다. 아니 백 년을 걸어서 과거로 돌아가 보았습니다.

가을 우체국

외롭지 않으려고 길들은 우체국을 세워놓았다
누군가가 배달해 놓은 가을이 우체국 앞에 머물 때
사람들은 저마다 수신인이 되어 가을을 받는다
우체국에 쌓이는 가을 엽서
머묾이 아름다운 발목들
은행나무 노란 그늘이 우체국을 물들이고
더운 마음에 굽혀 노랗거나 붉어진 시간들
춥지 않으려고 우체통이 빨간 옷을 입고 있다
우체통마다 나비처럼 떨어지는 엽서들
지상의 가장 더운 어휘들이 살을 맞댄다
가을의 말이 은행잎처럼 쌓이는
가을 엽서엔 주소가 없다

우체국은 멀리 있을수록 가고 싶어지는 곳입니다. 가는 길이 멀면 멀수록 좋습니다. 하염없어도 괜찮습니다. 가다가 길을 놓친다 해도 탓할 건 없습니다.

　사람들은 유독 가을이면 많은 생각에 잠기고 사람을 그리워하고 그러다 못 견뎌 목적지도 정하지 않은 채 길을 나서기도 합니다. 정처 없다는 말을 이럴 때 씁니다. 목적지가 있다는 것은 일상생활이고 목적지가 없다는 것은 마음이 공중처럼 높고 맑다는 것입니다. 공중에 새처럼 날 수 없으니 사람들은 마음을 허공에 띄워 보내며 꿈과 이상을 아로새기는 것 아니겠습니까.

　서양 사람들도 한국의 가을 하늘을 사랑한다고 합니다. 이리도 좋은 가을을 가졌다는 건 이 땅에 사는 사람들의 행복이고 자랑 아니겠습니까. 나 혼자의 것이 아니라도 스스로 부유해지는 이 가을을 누가 우리에게 배달해 놓았습니까. 그것은 계절이 발자국 소리도 없이 우리에게 보내준 선물 아니겠습니까.

　그러기에 누구라도 가을을 자신한테만 온 한 해의 선물로 생각하게 됩니다. 그럴 땐, 풀숲에라도 주저앉아 하염없는 생각에 잠

겨보는 것도 즐거움입니다. 생각에 생각을 기우면서, 공중에 나는 새의 노래를 내 말로 번역하면서, 명주실 같은 하루의 가을 빛살을 받는 일은 마음을 능금처럼 익히는 일입니다. 은행잎은 노랗게 물들고 우체통은 해지기 전에 더 많은 햇빛을 받아두려고 몸이 빨갛게 달아오릅니다.

올 가을은 당신의 것입니다. 놓치지 마세요. 가을과 사랑을 한 번 해보세요. 가을 길에서는 누구라도 시인이 됩니다. 흥얼흥얼 콧노래를 부르는 음유시인이면 어떻습니까. 새록새록 숨 쉬는 싸리나무 숨소리를 듣고 너무 일찍 피어 이내 져버릴까 두려운 하얀 산꽃들의 쌀밥 같은 이야기를 들으면서 오늘은 엽서 한 장 들고 우체국으로 가보세요. 수신인이 없으니 주소를 쓰지 않아도 됩니다. 우체통이 입을 크게 열고 당신을 기다리고 있습니다.

그래서 어느 독자는 이 시를 읽고 '엽서 한 장에 마음을 실어 보내고 싶은 시'라고 썼더군요. 시인의 마음과 독자의 마음이 이렇듯 함께일 수 있다는 걸 새삼 느낍니다.

채송화에 쓴 시

저 붉은 이파리가 가고 싶은 곳은 빨간 우체통이다
그러나 편지가 아니어서 거기에 갈 수 없다

눈으로 보기만은 아까워
채송화 꽃잎에 시를 쓴다
그 진홍 색종이는 너무 작아 한 줄도 못 쓴다

햇빛이 그 아래 그늘을 만들며 논다
채송화 그늘은 너무 작아 무릎도 펼 수 없다

지고 나면 또 언제 올래, 묻지도 못하고
그 붉은 꽃잎을 신발에 주워 담으며

부탁한다, 내일도 꼭 놀러 와
기다릴게

채송화 속잎으로 옷 한 벌 해 입었으면 좋겠습니다. 그 자줏빛 속잎은 벨벳 아니면 새틴입니다. 그 안감으로 옷을 지어 입으면 얼마나 따뜻하고 아늑할까요. 그런 옷을 지어 입고 아직 안 오는 사람을 기다리는 시간은 얼마나 행복할까요.

첫 봄의 개나리꽃은 옛날 초등학교 교무실 처마 끝에 걸렸던 학교 종 같습니다. 귀를 기울이면 수백 개의 종이 한꺼번에 울릴 것 같습니다. 말할 게 너무 많아 서로 먼저 말하려고 저요, 저요, 하고 손드는 교실의 아이들 같습니다. 제 이름을 불러주지 않으면 토라지고 마는 앙증스런 아이들을 닮았습니다.

살구꽃은 약속이나 한 것처럼 한꺼번에 핍니다. 그 많은 꽃송이들이 저마다 하나하나 눈부신 이야기를 담고 있습니다. 들어주지 않을까 지레 염려되어 속엣것 먼저 다 말해버리는 재재바른 입술 같습니다. 그 이야기를 다 들어주면 귀가 먹먹합니다. 듣다 보면 하루를 그 자리에 주저앉아 버리고 맙니다.

자두꽃은 마실 나온 시골 처녀 같습니다. 맑은 물에 세수하고 화장대 앞에 앉아 서툰 솜씨로 분을 바른 얼굴입니다. 어디 하나 나무랄 데 없으나 퍽 세련된 도회의 아가씨는 아닙니다. 언제 왔느냐, 어디서 왔느냐 물어도 부끄러워 대답 않고 짐짓 딴 데를 바라보는 열일곱 아가씨의 눈망울입니다. 하얀 목덜미가 아직은 한 사나흘 햇빛에 반짝일 것입니다.

목련꽃은 저도 감당키 어려운 무게를 지니고 높은 가지에서 작은 고함을 지르며 땅으로 내려오는 높이뛰기 선수 같습니다. 잘못 뛰어내리다가 가시에라도 찔리면 온몸이 모본단 치맛자락처럼 찢길지도 모릅니다. 아직 추위가 덜 물러간 날 그래도 기를 쓰며 나뭇가지에 매달린 그를 보면, 차라리 이렇게 말하고 싶습니다. 애야, 너는 얼굴이 너무 커, 그 얼굴로 찬바람을 맞았으니 얼마나 춥겠니, 이제 그만 이리로 내려와, 내 손이 네 몸을 데워줄 테니, 그 화사한 몸에 생채기를 만들지 말고 내 어깨에 내려와 이젠 좀 쉬는 게 어때?

그러나 무엇보다 수선스런 것은 벚꽃입니다. 수천수만 개의 꽃잎들이 팔짱을 끼고 하늘을 가려버립니다. 그 장막 아래로 몰려든 벌떼들의 날개 소리는 멀리서 울려오는 확성기 소리 같습니다. 벌들이 잔치를 벌이고 새와 나비들이 방문객이 되는 때는 이때입니다. 그러나 벚꽃은 사흘을 견디지 못하고 제 자리를 물러납니다. 그래서 벚꽃 피는 날은 환희롭고 벚꽃 지는 날은 허전합니다. 아름다운 이름들은 것은 그래서 너무 가까이할 수도 너무 멀리할 수도 없는 봄날의 식구들입니다.

이 봄날의 식구들을 떠나보내기가 아까워 꽃잎 하나에 시 한 줄씩 써봅니다. 그러나 꽃잎 종이는 너무 작아 이름 석 자도 채 못 씁니다. 그래도 겹겹 여러 장에 마음을 펴놓고 서운함을 달랩니다. 봄날의 환희와 허무를 조그맣게 갈무리하는 방법입니다.

별밭마을

누군가 별을 옮겨 심어 별밭마을이 되었다
별밭마을에는 밤에도 불을 끄고 별을 켠다
별을 켜는 순서는 추억의 순서다
생텍쥐페리 알퐁스 도데 윤동주의 순이라도
상관은 없다
별을 바라보며 가슴이 두근거리는 사람은
그의 안에 아직 파랑새를 찾아 집 나서는
소년이 살고 있기 때문이다
그는 오늘 밤 은하기차를 타고 별에 닿을 것이다
지붕 위에 올라가 별의 플랫폼을 밟을 때
미자르별이 보이지 않으면 시력검사를 해야 한다
그는 매일 밤 별밤기차를 타지만
기차가 끊어지면 어김없이 별밭마을로 돌아온다
별밭마을에는 별밤지기만이 뚜깔잎처럼 산다

밭에 별을 심으면 별의 싹이 날까요? 별의 싹은 자라서 무슨 나무가 될까요? 나무가 아니면 풀꽃이라도 될까요? 별꽃나무 아니면 별풀이라는 반짝이는 이름을 가지마다 달까요? 그러나 아직 이 세상에 별의 나무를 심은 사람은 없습니다. 그래서 어느 나라, 어느 언어에도 '스타트리' 혹은 '별나무'라는 이름은 없는 것이겠지요. 당신은 텃밭에 별을 심어본 일이 있습니까? 별은 하늘에 있는 것인데 어찌 텃밭에 심겠느냐고요? 송구하게도 나는 내 사는 낙산 남새밭에 별을 심었습니다. 한 포기도 아니고 열 포기 스무 포기, 맑은 밤에는 수천 포기의 별씨를 손으로 받아 내 마당가 남새밭에 뿌립니다. 그런 밤에는 일찍 불을 끄고 초롱 같은 별을 켭니다. 먼 하늘의 별보다 내 손으로 가꾸는 채마밭에서 별이 자란다고 생각하면 더없이 행복해집니다.

뿐 아닙니다. 별을 켜는 밤이면 이미 천 리나 만 리쯤 도망갔던 추억이 갓 돋은 옥잠 이파리처럼 팔랑팔랑 부채 소리를 내며 다가옵니다. 마음이 어둡고 불편할 때는 추억을 불러 흑백사진 같이 흐리고 희미해진 옛날이야기를 그와 나눕니다. 그러면 찻

물처럼 끓어오르던 불편한 마음이 수반의 물처럼 편안해집니다. 편안하다 뿐입니까. 추억의 가르맛길을 따라가다 보면 오래전 헤어져 지금은 이름조차 가물거리는 옛날 소녀도 만날 수 있습니다. 이름을 불러도 대답 없이 멀리 떠나기만 하는 소녀, 행여 놓칠세라 잰걸음으로 따라가다 냇물을 만나면 더 갈 수가 없어 그만 돌아서야 하는 앳된 추억의 소녀, 풀어놓으면 십 리는 갈 실꾸리 같은 이야기들, 그 추억이 당신의 것이라면 당신은 스스로도 모르게 호주머니에서 손수건을 꺼내 눈시울을 닦을지도 모릅니다.

　나도 누구 못지않게 별을 사랑하지만 나보다 먼저 별을 만졌거나 별의 나라에 가본 사람이 있습니다. 나는 그들을 만나진 못했지만 행여 어느 별에서라도 그들을 만나면 가장 공손한 말로 안녕을 물을 것입니다. 그들이 누구냐고요?

　생텍쥐페리는 별의 나라를 비행하다가 일곱 번째 별나라에서 어린왕자를 만나게 되지요. 그 일곱 번째 나라가 지구랍니다. 불행하게도 그 일곱 번째 나라에는 독을 지닌 노란 뱀이 살고 있었습니다. 소년을 사랑한 뱀은 마침내 제 이빨로 어린왕자를 물고 말았지요. 뱀은 영원히 어린왕자와 함께 살고 싶었거든요. 그 곱다랗고 안타까운 별 이야기를 그는 예쁜 소년소설로 보여주었지요. 비행사였던 그는 남보다 더 많은 별을 만났고 남보다 더 많이 별을 사랑했을 것입니다. 알퐁스 도데 역시 〈별〉에서, 양치기 소년에게 이 세상 가장 아름다운 아가씨 스테파네트를 선물하지요. 노새를 몰고 산속 움막집까지 온 스테파네트는 갑자기 쏟아진 소낙비에 강물이 불어 집으로 돌아가지 못합니다. 어두운 밤 깊은 산속 움막집에서 하룻밤을 보내는 주인집 딸 스테파네트가 별똥별을 보고 저게 무어냐고 물었을 때, 양치기 소년은 별똥별이 천국으로 들어가는 영혼이라고 대답합니다. 이 세상에서 가장 아름다운 스테파네트가 목동의 어깨에 몸을 기대고 잠든 그 밤, 천사 같은 얼굴을 바라보는 양치기 소년은 얼마나 황홀했을까요? 그랬을 때 별똥별은 하늘로 올라가는 마음의 사닥다리가 되었겠지요. 우리의 시인 윤동주는 〈별 헤는 밤〉에서, 소학교 때 책상을 같이 했던 아이들과 패, 경, 옥 같은 이국 소녀들, 프랑시스 잠, 라이너 마리아 릴케, 그리고 어머니를 부릅니다. 남의 나라 다다미방에서 별을 쳐다보며 닿을 수 없는 추억과 꿈과 고향을 그리는 희원을 그처럼 순하고 아름다운 언어로 나타낸 것 아니겠습니까.

　그리움이 많은 당신도 쉬이 그 그리움에 닿지 못해 안타깝거든 텃밭에 별을 심어보세요. 별이 자라는 동안 당신의 가슴 밑바닥에서 별꽃이 봉지를 열고 꽃망울을 터뜨릴 것입니다. 그런 밤이면 아마도 별이 그 추억을 받아 신고 종이비행기처럼 하늘로 올라갈 것입니다. 그러면 당신은 추억을 데리고 떠나는 하늘 여행자가 될 것입니다.

별을 좋아하지 않는 사람은 아무도 없습니다. 누군가, 그도 별을 좋아해서 길가에 핀 하얀 꽃에게 개별꽃이며 쇠별꽃이라는 이름을 붙였을 것입니다. 별꽃은 별이 뿌리고 간 씨앗이 밤을 지새워 피어난 꽃입니다. 그러기에 나는 별꽃이 피면 남새밭을 밟지 않습니다. 작고 흰 그 꽃이 발에 밟힐까 저어해서입니다. 나는 이 조그만 텃밭을 외람되이 별밭이라 부릅니다. 별꽃은 선생님 따라 읍내에 온 시골 소년처럼 두근거리는 얼굴을 반쯤만 들고 핍니다. 왁자지껄 소란하지 않게, 바람이 불면 검지를 쳐들고 '쉿!' 하며 입을 가리는 2학년처럼 핍니다. 그 작은 꽃 한 분盆이면 어두운 서재가 환해집니다.

기차 소리도 들리지 않는 마을에서 나는 산기슭 뚜깔잎처럼 혼자 별밤지기로 삽니다. 외로우냐고요? 아닙니다. 별밭에 심은 나의 별꽃이 루비빛 브로치처럼 피는 한 나는 혼자라도 여럿인 듯 행복합니다.

그리움이 많은 당신도 쉬이
그 그리움에 닿지 못해 안타깝거든
텃밭에 별을 심어보세요.
별이 자라는 동안 당신의 가슴
밑바닥에서

별꽃이 봉지를 열고
꽃망울을 터뜨릴
것입니다.

숲

거기가 어딘지 묻지 않아도 된다

길을 모르면 나비가 앞장설 거니까,

고요를 신는 법을 몰라도 된다

떨어지는 나뭇잎에게 물어보면 되니까,

물 위에 가벼이 그림자를 얹는 법을

별에게 묻지 않아도 된다

숲이 아침에게 새 옷을 입혀

세상으로 내보내니까,

어서 일어나라고 서로 등을 토닥이며

풀들이 서로 이른 잠을 깨운다

꽃들이 이슬에 세수하는 소릴 들으면

깨끗한 대얏물에 낯을 씻고 싶다

햇빛 타월은 이미 준비되어 있으니까

아침이 온다는 것은 희망이 온다는 것입니다. 아침은 살아 있는 모든 것의 생활이고 희망입니다.

오늘을 맞이하기 위해 잠옷을 벗어놓고 창문을 열고 햇빛을 지붕에 깃발처럼 갈아 꽂습니다.

냇물을 건너온 바람이 제 몸이 더러워질까 풀밭에 앉지 않고 나무 위를 불고 있습니다. 손수건을 펴놓고 여기 와 앉으라고 권해도 소용없습니다. 더 깨끗해지려고 풀들은 쉬지 않고 초록을 길어 올립니다.

운동화를 신고 숲길을 걸으며 세상일 내려놓고 그 자신이 이미 문학이 되어버린 사람들을 생각합니다. 지금 우리 곁에 있거나 없는 사람들, 그들은 이미 책이 되고 문장이 되고 시가 된 사람들입니다.

숲이 신선한 공기를 불어 보내듯 그들은 세상 속으로 신선한 말을 불어 보냅니다. 그들의 이름을 입 속으로 부르면 온몸이 깨끗해집니다.

그들은 안 보이는 어느 곳에서 지금도 공기같이 신선한 언어들을 제조해 바람 편에 띄워 보내고 있을 것입니다. 숲길을 걸으며 나는 그들의 목소리를 듣습니다. 숲은 이미 자연의 육체가 되어 있습니다.

숲은 아직 표현되지 않은 상형의 시집입니다. 무한한 상상의 보고寶庫입니다. 숲에 들면 꽃들이 이슬에 세수하는 소리로 귀가 간지럽습니다. 어서 수돗물을 틀고 깨끗한 대얏물에 낯을 씻고 싶습니다.

숲은 아직 한 번도 읽지 않은 천 페이지의 책장을 펴 들고 있습니다. 거기가 어딘지 묻지 않아도 됩니다. 숲은 언제 어디서나 팔을 벌리고 우리에게 오라고 손짓하고 있으니까요. 모든 아름다움, 모든 신성함, 모든 장엄함으로 우리를 보듬어 주니까요.

아침에 어린 나무에게 말 걸었다

아침에 어린 나무에게 말 걸었다

잘 잤니, 라고 물으면

이슬에 세수한 초록 이파리가

'예' 하고 고개를 들면서 대답한다

그 어린 것이 머리카락을 팔락일 때

아침이 바쁘게 햇빛을 데리고 온다

밤새 춥지 않았니, 물으면

참새도 앉지 못하는 작은 가지를 흔들며

아뇨, 라고 대답한다

팔을 벌려 안아주고 싶으나

너무 어려서 안아줄 수가 없다

올 가을엔 열매를 달 거니, 물으면

파란 잎을 흔들며 쳐다보는 얼굴

그 곁으론 풀들이 운동회에 나온 아이들처럼

왁자지껄 팔을 겯고 있다

나는 어린 나무의 가지에 손을 얹으며 약속했다

오래 무사하자고

함께 내일로 가자고

문을 열고 나가보니 아침의 가슴팍에 '오늘'이라는 이름표가 달려 있습니다. 이 맑은 '오늘'은 누가 보낸 선물입니까? 나는 당신과 이 아침을 공유하고 싶습니다. 햇빛이 오고 바람이 솜털처럼 보드랍고 지빡새가 보푸라기 같은 깃털을 펴면서 날고 방울토마토가 조금씩 제 얼굴을 붉힙니다. 앵두가 생각난 듯이 익어가고 어제 정오에 단추나비라 이름 붙여준 노랑나비가 어디서 잤는지 길 잃지 않고 찾아오고 있습니다. 이 풍경들을 사유한 사람이 없을 때 그것은 '오늘'을 함께 사는 우리 모두의 것 아니겠습니까.

싸리나무 울타리가 쳐져 있는 마당, 거기에 눈전나무와 가문비나무가 바늘 같은 뾰족 잎을 세우고 그 옆에 삼 년 전에 심은 오동나무가 어언 내 키의 세 배를 훌쩍 넘게 커버렸습니다. 나는 아무 생각 없이 그 주위를 가끔 돌을 차고 풀을 밟으며 걷습니다.

아침은 언제나 여리디여린 멜로디처럼 옵니다. 귀를 기울이지 않으면 들리지 않는 음악을 입에 물고 옵니다. 창문의 커튼을 열면 햇살이 눈부셔 커튼을 내려둔 채로 밖을 나섭니다. 신발이 이슬에 젖습니다. 누가 풀잎에 맺힌 이슬을 '함초롬'이라고 했을까요. 그 말을 처음 한 사람은 아마도 시인이었거나 미지의 가인歌人이었을 것입니다. 나는 제 몸이 무거워지기 전에 한껏 눈빛을 반짝이는 이슬을 찬미하려고 수십 번 마음을 바장였으나 아직도 그에 알맞은 형용사를 발견하지 못해 그저 '함초롬'이라는 말을 빌려서 씁니다. 이슬에 머리카락을 적신 어린 나무들에게 말을 걸면 그들은 내 말을 알아들은 것처럼 입술을 쫑긋거립니다. 참새라니! 그들은 아직 너무 어려서 참새는커녕 이슬의 무게에도 가지가 아래로 쳐집니다. 그랬을 땐 나는 손가락을 펴 그들의 가지와 잎에 맺힌 이슬방울을 털어줍니다. 이슬은 그 맑은 몸을 말아 동그랗게 뭉쳤다가 이내 흙으로 떨어집니다. 나는 그들의 어린 둥치와 파란 이파리를 쓰다듬어 주고 싶지만 아직은 너무 어려 쓰다듬어 줄 수도 안아줄 수도 없습니다.

오늘 아침 나는 아기나무의 작은 가지에 손을 얹으며 약속했습니다. 오래 무사하자고, 함께 내일로 가자고, 여기 그리고 저기에 꼭 제 이름만큼만 반짝이는 얼굴들, 저 모든 이름들이 나의 하루를 엮는 최상의 목록입니다. 목숨들은 늘 제 물색의 옷을 갈아입으며 제게 알맞은 몸짓으로 살아 있음을 증언합니다. 오늘은 피는 꽃에게 이틀만 더 피어 있어 달라고 부탁을 해야겠습니다. 누구의 아름다운 시구절처럼 넝쿨장미가 쉬지 않고 자꾸 담을 넘어 달아납니다. 그만 가, 위험해!

보내주신 별을 잘 받았습니다

닷새째 추위 지나 오늘은 날이 따뜻합니다

하늘이 낯을 씻은 듯 파랗고

나뭇잎이 어린 동생들을 데리고 소풍 나오려 합니다

긴 소매 아우터를 빨아놓고 흰 티를 갈아입어 봅니다

거울을 닦아야 지은 죄가 잘 보일까요

새 노래를 공으로 듣는 것도 죄라면 죄겠지요

외롭다고 더러 백지에 써보았던 시간들이 쌓여

돌무더기 위에 새똥이 마르고 있네요

저리 깨끗한 새똥이라면 봉지에 싸 당신께 보내고 싶은 마음
굴뚝입니다

적막을 끓여 솥밥을 지으면 숟가락에 봄 향내가 묻겠습니다

조혼의 나무들이 아이들을 거느리고 소풍 나오는 발자국 소
리가 들립니다

오늘은 씀바귀나물의 식구가 늘어났네요

내 아무리 몸을 씻고 손을 닦아도 나무의 식사에는 초대받지
못했습니다

밤이 되니 쌀알을 뿌린 듯 하늘이 희게 빛납니다

아마도 당신이 보내주신 것이겠지요

잘 닦아 때 묻지 않게 간직하겠습니다

보내주신 별을 잘 받았습니다

삼월은 이제 막 걸음마를 배우는 아이같이 옵니다. 성큼성큼 오지 않고 아장아장 옵니다. 크낙새의 날개가 아니라 참새 등을 타고 옵니다. 하루 만에 오는 게 아니라 사흘 나흘 닷새 뒤에야 옵니다. 장엄하게 오는 게 아니라 숨바꼭질처럼 옵니다. 나는 크고 높고 우렁찬 것보다 작고 낮고 애잔한 삼월을 좋아합니다. 그래서 이 시를 쓰기 전에 애틋한 이야기 하날 써보았습니다. 무명지에 베여 피가 듣듯 아프게 피어난 패랭이꽃 같은 동화라 생각해 주신다면 좋겠습니다.

조그만 웅덩이에 엄마 송사리와 아기 송사리가 살았습니다. 엄마 송사리와 아기 송사리는 한 번도 바깥세상을 꿈꾸지 않고, 그 웅덩이가 세상의 전부로만 알고 하루하루를 행복하게 살았습니다. 웅덩이 바깥에 나가면 냇물이 있고 냇물을 따라가면 강을 만날 수 있다는 생각 같은 건 할 수도 없었지요. 이슬비가 오면 몸을 물 위로 드러내 목욕을 하고 빛살이 좋은 날은 주둥이를 물 위로 내어놓고 뻐끔뻐끔 공기와 햇빛을 들이마시며 물장구를 치며 놀았지요. 그런 날이 갈수록 아기 송사리의 몸뚱이도 조금씩 커갔습니다.

어느 날, 학교 갔다 온 아이 하나가 웅덩이에 금붕어 한 마리를 넣어놓고 갔어요. 작은 웅덩이지만 금붕어 한 마리쯤은 함께 살아도 넉넉한 웅덩이였으니까요. 금붕어는 아름다운 등과 아름다운 지느러미를 갖고 있었지요. 금붕어가 헤엄칠 때는 웅덩이가 덩실덩실 춤추는 것 같았어요. 그때 아기 송사리가 엄마 송사리한테 물었어요.

"엄마, 왜 나는 금붕어처럼 예쁜 옷이 없나요?" 엄마 송사리는 대답을 하지 못했어요.

"그건 말이야, 그건 말이야"만 되풀이했어요. 그럴수록 아기 송사리는 엄마 송사리한테 졸라댔어요.

"엄마, 나도 금붕어처럼 예쁜 옷을 입혀줘." 그러나 엄마 송사리는 아기 송사리의 투정을 들어줄 수가 없었어요.

"그래, 아가야, 너는 금붕어가 아니라 송사리란다. 송사리는 금붕어 같은 옷을 입을 수 없는 거란다."

그러나 아기 송사리는 엄마 송사리의 말을 알아들을 수가 없었어요. 곰곰 생각하던 아기 송사리에게 퍼뜩 좋은 생각이 떠올랐어요.

"그래, 엄마가 예쁜 옷을 입혀주지 않으면 내가 해 입으면 되지."

그런 생각을 한 아기 송사리는 빨간 옷을 해 입으려고 제 몸을 웅덩이의 돌멩이에 부딪치기 시작했어요. 하루 이틀 사흘 나흘, 그러자 아기 송사리의 몸이 붉어지고 온몸에서 피가 나기 시작했어요.

"아, 이제 나도 금붕어처럼 붉고 아름다운 옷을 입을 수 있겠구나."

그러나 며칠 안 가 아기 송사리는 온몸이 피투성이가 되어 죽고 말았어요.

세상 바깥을 모르는 아기 송사리, 아기를 잃고 슬피 우는 엄마 송사리, 엄마 송사리도 아기를 잃고 슬피 울다가 그만 죽고 말았어요. 아무것도 모르는 웅덩이는 그래도 하얀 물결을 일으키며 찰랑거렸어요.

별이 누가 보내주어서 뜨는 것이겠습니까. 그러나 별을 누가 보내준 선물로 생각한다면 이 동화가 그리 낯설지는 않을 것입니다. 동화란 언제나 아이 얼굴처럼 정겹고 천연하고 앙증스런 것이니까요.

문태준 시인은 이 시에 대해 이렇게 썼더군요.

혼자 먹는 조촐한 밥에도 향긋함이 묻어나고, 묵은 가지에서 새순이 나오고, 봄나물을 캐는 일에도 한가한 느낌이 있어 좋습니다. 밤하늘에는 별이 쌀알을 뿌린 듯 희고, 또 빛나고, 시인은 이 봄날의 생기와 청초함을 잘 간직하겠다고 말합니다. 잠깐의 추위가 가고 백지와도 같은 볕이 들고 날이 좀 더 따사롭겠습니다.

과실 따온 저녁

광주리에 갓 따 온 과실들이 들어 있다
아직 덜 익은 과실들은 광주리에 담겨 좀 더 익는다
이마를 맞대고 식탁에 둘러앉은 형제들의 얼굴이다

바람 스치는 소리에 유리창이 잠을 깬다
새들이 줄무늬 옷을 입고 하늘로 날아간다
저녁과 함께 어떤 영혼이 찾아올 것 같다

내 침묵이 영혼의 목소리를 듣는다
그 목청 안에 수박 넝쿨 같은 여름과
금모래를 적신 소낙비와
산의 나태를 꾸짖었던 태풍 몇 개가 들어 있다

곧 등불이 켜지면 식구들은 일제히
수저를 들고 접시의 야채를 집을 것이다

그러나 지금은

광주리에 담긴 과실의 이야기를 듣는 시간

지금은 과실이 못다 익힌 제 살을 익히는 시간

때론 아이들의 일기장을 훔쳐보고 싶을 때가 있습니다. 거기엔 그 아이들의 단짝 동무들이 써놓은 예쁜 말들이 소복소복 담겨 있을 것 같기 때문입니다. 이제 갓 글자를 익힌 아이들은 선생님이 '시냇물'을 소리 나는 대로 쓰라고 하면 '졸졸'이라고 쓴다고 합니다. 얼마나 앙증스런 발상입니까. 나는 거기서 동요가 태어난다고 생각합니다. 그런 아이들이 새 발가락 같고 싸리나무 가지 같은 글씨로 써놓은 일기에는 이런 말들이 있을지도 모릅니다. 채송화, 참깨 씨, 깜장 운동화, 티셔츠, 봉숭아꽃, 조개구름, 하얀 모래, 물새 발자국, 단발머리, 이슬비, 개나리 참꽃… 그러면 여러분들은 곧 알퐁스 도데의 〈별〉이나 황순원의 〈소나기〉를 연상할 것입니다. 학창 시절에 그 글을 읽고 가슴이 뛰었던 추억이 있을 테니까요.

사월이 소년, 소녀의 달이라면 팔월은 청년의 달, 시월은 어른의 달이라 하면 어떨까요? 유독 시월이 되면 생각나는 일이 많은 것은 지나온 추억들이 책장 속에 숨어 있다가 구절초처럼 고개를 내밀기 때문입니다. 어찌 그것뿐이겠습니까. 시월은 과실 따는 계절입니다. 고양이는 잠들고 저녁 새는 날개를 파닥거리며 부리를 나뭇가지에 닦는 아늑한 저녁을 가진 달이 시월입니다. 흔히들 시월을 일러 상달이라고 부릅니다. 신이나 이웃에게 첫 곡식을 바치기 가장 좋은 달이라는 뜻이지요. 아직 다 못 딴 과일들은 햇빛에 제 살을 반짝이고 깨진 사금파리는 불빛이 되어 반짝이는 달이 시월이기도 합니다. 광주리마다 담겨 있는 붉고 노란 과일들은 입보다 먼저 눈을 즐겁게 합니다. 새와 바람, 들국화와 홍시 들은 시월의 영혼입니다. 소낙비와 태풍을 이기고 저 과일들이 익었다고 생각하면 시월의 저녁은 자못 아늑하다 못해 성스럽기까지 합니다.

넷 혹은 다섯 식구들이 저녁 식탁에 둘러앉으면 등불이 켜집니다. '등불이 켜지면 식구들은 일제히 / 수저를 들고 접시의 야채를 집을 것'입니다. 아직은 광주리에 담긴 과실이 못다 익힌 제 살을 더욱 탱탱하게 익히는 시간입니다. 과실은 누구의 치아에 깨물리는 즐거움을 맛보려고 저리도 향기로운 살을 익혔을까요? 광주리에 담겨 귀퉁이가 썩어가는 과일이기보다는 누군가에게 싱싱한 제 살을 바치는 기쁨을 누리려고 한 해의 비바람과 혹서를 견뎠을까요? 지금은 광주리에 담긴 과실의 이야기를 듣는 시간입니다. 당신과 함께라면 좋겠습니다.

" 지금은 광주리에 담긴
과실의이야기를 듣는 시간입니다.

당신과 함께라면
좋겠습니다. "

사랑하는 사람은 시월에 죽는다

시월은 반짝이는 유리 조각으로 내 발등을 찌른다
아픈 사람이 더 아프고 울던 벌레가 더 길게 운다

시월엔 처음 밟는 길이 오래전에 온 길 같고
나에겐 익숙한 작별들이 한 번 더 이별의 손을 흔든다

노란 양산을 펴 들고 있는 저 은행나무에게도
푸름은 연애였을 것이다

초록으로 다 말 못 한 사연
마침내 붉게 붉게 태우고 싶었을 것이다

아무도 귀뚜라미의 충고를 귀담아 듣지 않을 때
벌레 울음 아니면 누가 한 해를 돌 틈에 끼워둘 것인가

유독 나에게만 범람하는 가을엔 핏줄이 다 보이는 시를 읽고

정맥을 끊어 백지에 시를 쓴다

사랑하는 사람은 모두 시월에 죽는다

죽은 사람의 잠은 깊고 그 티끌의 베개는 얕습니다. 그가 묻힌 흙 위에 꽃이 핀다고 해도 그의 정신은 이 세상 것이 아니고 그대가 애타게 불러도 그는 잠을 깨지 않습니다. 오오, 어느 때 무덤에 아침이 찾아와서 잠자는 그대에게 잠을 깨라고 하겠습니까? 그는 혹시 이렇게 말할는지 모릅니다. 어찌하여 그대는 나를 깨우는가, 봄바람이여, 차라리 하늘의 물방울로 나를 적셔다오, 라고 말입니다. 나의 잎새들을 휘몰아쳐 떨어뜨리는 폭풍우가 가까이 왔느니라. 내일이면 내가 아름다웠던 때 나를 보았던 사람이 찾아온다고 해도, 그는 이미 낡고 누추해진 나를 찾아내지는 못하리라, 라고 말입니다.

여기까지 읽은 당신은 벌써 어떤 명작 소설을 연상했을 것입니다. 아직 그 명작이 떠오르지 않는다면 조금 더 읽어볼까요.

권총은 당신의 손을 거쳐서 왔습니다. 당신이 그 먼지를 털어주었습니다. 나는 천 번이나 그 권총에 입을 맞추었습니다. 당신이 만졌던 것이니까요. 그리고 당신은 나의 결심을 쉽게 해주었습니다. 나는 심부름하는 아이에게 물었습니다. 권총을 내어주는 당신의 손이 떨고 있더냐고요. 이 옷을 입은 채로 나는 묻히고 싶습니다. 당신이 만져서 깨끗해진 이 옷을, 나의 영혼은 벌써 관 위를 떠돌고 있습니다. 탄환은 재어놓았습니다. 시계가 정해놓은 열두 시를 치고 있습니다.

아아, 로테여, 안녕히!

시월은 나에게로 오던 애인이 단풍 숲에서 길을 잃고 달빛이 돌 틈에 끼인 벌레 울음을 씻어내는 저녁을 키우고 있습니다. 시월은 옛날 읽은 책의 끝 구절, 걸어도 걸어도 닿을 수 없는 설화 속 미지의 밤을 가졌습니다. 무엇보다 시월은 소설가가 콩트를 쓰고 시인이 단행시를 쓰기 좋은 저녁을 가졌습니다. 썩은 과실 향내를 맡지 않으면 단 한 줄도 쓸 수 없는 저녁을 가졌습니다.

나는 이 아름답고 슬픈 소설을 십 대에 두 번, 이십 대에 두 번, 그리고 세월이 훨씬 지난 지금도 책상에 얹어두고 있습니다. 누구는, 삼백오십 년 전에 쓴 이 낡은 책을 지금 읽다니, 하고 핀잔할 사람이 있을지도 모르겠습니다. 그러나 때로 나에게는 놓아버릴 수 없는 추억처럼 위의 구절들이 단풍잎을 싣고 흐르는 물소리를 내면서 다가옵니다. 시월에 죽은 사람은 영원히 누구의 가슴에 살아 있는 사람입니다. 그래서 '사랑하는 사람은 모두 시월에 죽는다'고 썼습니다.

빨간 자전거를 타고 산모롱이를 돌아가고 싶다

산들이 양 떼처럼 엎드린 골을 지나
빨간 자전거를 타고 산모롱이를 돌아가고 싶다
귓속에 해바라기를 피워놓고 기다리는
박꽃 같은 사람들을 찾아
이 세상 가장 순하고 여린 마음을 지닌 우체부가 되어
산모롱이를 돌아가는 페달을 밟고 싶다

새록새록 숨 쉬는 싸리나무의 숨소리를 듣고
둔덕에 피어오른 자운영 꽃망울 터지는 소리를 들으며
싸락눈같이 흰 꽃들과도 눈 맞추는
우편배달부가 되어 살고 싶다

살구꽃이 치약처럼 피어나고
햇볕이 타월처럼 빨랫줄에 걸리면 더욱 좋으리라
두 달 치 월급을 받지 않아도
마음 그리 야위지 않고

가다가 돌멩이에 눌린 풀잎 하나도 일으켜 놓고 가는 사람
도랑물을 건널 때 피라미들이 발목을 간질이면
마음은 더욱 즐거우리라

엉겅퀴 새 잎 돋는 산굽이를 돌면
거기 채송화에 물 주던 손을 놓고
빨간 자전거를 바라보는 새댁도 있으리라
사립문에 기대서서 내가 전해주는 하얀 봉투를 받아드는
새댁의 얼굴에는 아직 홍조가 남아 있으리라
편지를 받아드는 새댁의 손이 무처럼 희리라
말하지는 않지만 나는 그녀의 눈썹 사이에 번지는
근심까지도 읽을 수 있으리라
그러면 내 그녀 대신 그녀의 근심 몇 자 적어
아직도 우엉밭에 물 주고 있을 친정어머니께 전하리라
그때의 자전거 바퀴 자국은 소낙비가 올 때까지는
지워지지 않으리라

산그늘이 길을 덮을 때까지는
새댁의 눈에 빨간 자전거가 지워지지 않고 있으리라

낡은 가방에 든 편지들은
저마다 닿고 싶은 대문이 있으리라
대문에 편지가 꽂힐 때마다
집들은 하얗게 웃고
처마들은 더욱 나즉해지리라
그때마다 보자기만 한 뜰에는
아기 입술 같은 채송화가 피리라
들꽃처럼 따뜻하고 햇빛처럼 환하게 사는 길이
거기 있음을
빨간 자전거를 타고 모롱이를 돌아보면 알리라

갈 때 무거웠던 편지 가방 돌아올 땐 기쁨으로 가벼워지리라
어깨에 내리는 저녁 햇살이 산새처럼 정겨운,

노래하지 않아도 온몸이 노래로 젖는,

빨간 자전거를 타고 산모롱이를 돌아가는

우체부가 되어 살고 싶다

﹒﹒﹒

벌들은 곁에 아무리 아름답고 향기로운 꽃이 있어도 제 좋아하는 꽃을 떠나 다른 꽃에게는 가지 않는다고 합니다. 아무리 색깔이 화려하고 향기가 많은 꽃이라도 벌은 제 좋아하는 꽃에게만 간다고 합니다. 땡볕 아래 벌이 분주하게 날아다니는 것은 제 좋아하는 꽃을 찾아 떠나는 벌의 여행이랍니다. 그것이 벌의 사랑법 아닐까요? 사람이 사람을 사랑하는 것이 마음이라면 벌이 꽃을 사랑하는 것은 촉감이겠지요. 그러나 벌은 빨간색 색맹이라고 하네요. 사람의 눈에는 빨간색인데 벌의 눈에는 무슨 색으로 보일까요?

　이 시는 빨간 자전거에 우편 행낭을 싣고 편지를 전하러 가는 우체부를 연상하면서 쓴 것입니다. 왜 유독 우체부일까요? 나는 우체부를 좋아하고 더욱이나 빨간 자전거를 타고 딸랑딸랑 벨을 울리며 산모롱이를 돌아가는 우체부를 좋아합니다. 산기슭 모롱이에는 메밀꽃이 하얗게 피고 산새가 알을 품습니다. 알 품는 산새의 등어리를 싸리나무 이파리가 가려주어 산새는 자전거가 지나가도 놀라지 않습니다. 개암나무 잎새가 물들기 시작하면 논

귀에는 벼가 익어가고 밭고랑에는 해콩이 주렁주렁 달립니다. 나는 지금 그런 한적한 곳, 저녁놀이 다른 곳보다 한 시간 일찍 와서 제 치맛자락으로 지붕을 덮어주는 작은 오두막에 살고 있습니다. 하루에 한 번 내가 사는 오두막집으로 갓 나온 시집이며 잡지들을 싣고 헬멧을 쓴 우체부가 다녀갑니다. 나는 그가 오면 종이컵 커피라도 한 잔 대접하고 싶지만 그분들은 한사코 사양하거나 아니면 대답할 새도 없이 바쁘게 가버립니다. 그들은 하루에 마을길 사백 리를 달려야 한답니다. 자전거가 페달 소리를 내며 사라지면 나는 그 길을 오래오래 바라봅니다. 그러나 지금은 자전거가 오토바이로 바뀌었습니다. 그렇다 한들 산골의 정황이야 무엇 달라질 게 있습니까.

　시를 왜 쓰느냐고 묻는다면 시가 좋아서 쓴다는 말 외엔 대답할 말이 없습니다. 시를 사랑하는 마음도 벌이 꽃나무를 찾아가는 눈과 같은 것 아닐는지요? 시가 우리 삶을 물질로는 풍융하게 하지 못한다 하더라도 시를 사랑하는 사람은 유독 시를 찾고 시와 함께 있고 싶어 합니다. 그런 사람은 시 아닌 다른 길로는 가지 않습니다. 길을 걸으면서도 잠자리에 들면서도 시를 생각하고 시를 외는 사람은 참말 시를 사랑하는 사람입니다. 시를 사랑하는 사람에게는 시 아닌 것으로는 자신의 삶에 만족을 느낄 수가 없습니다. 바쁜 일상을 마치고 돌아와 저녁 등불을 켜는 시간에 시 한 줄을 외는 사람, 세수를 하면서도 화장실에 앉아서도 시를 생각하는 사람, 그런 사람 때문에 시가 있고 말을 찾아 불면의 밤을 헤매는 시인이 있습니다. 그의 시를 한 사람이 한 번만 읽어줘도 고맙고 한 사람이 열 번 읽어주면 더욱 기쁘겠지요. 시를 읽는 동안은 그와 시인의 마음이 하나가 되니까요. 그것이 독자의 마음이고 사랑 아니겠습니까. 시가 지닌 향기는 가늘고 여리지만 그 향기는 오래 그리고 멀리 갑니다. 마음속에 잠재워 둔 시심을 불러 종이 위에 옮기는 일, 그런 사람이면 누구든 시인입니다. 당신도 나도 함께!

눈 오는 밤에는 연필로 시를 쓴다

눈 오는 밤에는
이 세상 가장 슬픈 시를 읽고 싶다
슬픔이 아름다워 차마 페이지를
넘길 수 없는 시집을

헌책방에 가서 오백 원 주고
사 온 옛날 시집을 다시 꺼내 읽고 싶다

종이 썩는 냄새가
조금은 코에 거슬리지만
그것이 추억의 냄새라 생각하면 오히려 즐겁고
떨어져 나간 책 귀퉁이의 구절이
새록새록 상상의 움을 내미는

책상을 정리하다 나온
흑백사진 같은 시집을

눈 오는 밤에는 내가 이 세상
가장 슬픈 사람이 되어 읽고 싶다

전화도 티브이도 없는 곳이면 더 좋겠다
캄캄함이 하얗게 빛나는 외진 곳으로
먼 나라 사람 지바고처럼 털모자를 눌러 쓰고
걸어갈 수 있으면 좋겠다

펑펑 눈 오는 밤에는
잊혔던 호롱불 심지를 올리고
불빛이 흐려 글자가 잘 안 보이는 작은 방에서
지금은 죽은 작가가 쓴
이별이 아름다운 소설을 읽고 싶다

실패가 아름다운 연애
슬퍼서 아름다운 소설을

한기가 찾아들면

면 내복을 꺼내 입고 외투를 껴입고

누군가가 창을 두드려도

못 들은 척 책 읽기에만 몰두하고 싶다

눈 오는 밤은 시골 교회 뒷담

기다리다 기다리다 그만 돌아설까 망설이다

작은 그림자로 나타나던

처음 닿던 입술이 인듯불이던

소녀를 만나고 싶다

슬프지 않은 추억은 추억이 아니다

그때의 가슴이 손수건처럼 펄럭였다고 쓴다 한들

풋순 같은 그 가슴을 누가 탓하랴

눈의 살은 희고 눈의 빛은 부드럽다

눈 오는 밤에는 옛날의 책들

조르주 상드니 버지니아 울프

샬럿 브론테니 앨프리드 테니슨,

읽으면 금방 한숨이고 눈물인

김소월이니 백석이니

그런 이름을 A4용지 다섯 장에

덧없이 끄적거리고 싶다

펑펑 문풍지에까지 눈이 차오르면

갈 곳도 없이 자꾸 목이 긴 양말만 갈아 신어보고

혼자서 뒤척거리며

쓸쓸함을 생밤처럼 깨물기도 하고

그리하여 마침내 눈 오는 밤은

티브이도 안 켜고 전화도 안 받고

그것이 꼭 태고의 말일 수밖에 없는 시를

새로 깎은 4B연필로 쓰고 싶다

눈을 목화송이에 비유한 최초의 사람의

눈보다 더 희고 깨끗한 사람의 마음을

하이얀 종이에 눈의 물을 찍어 쓰고 싶다

일생 시를 써도 눈 오는 밤 아니면 쓸 수 없는 시를

마음이 부르는 대로 받아쓰고 싶다

●●●

유리 안드레예비치 지바고의 차갑고 무거운 얼굴과 천지에 눈이
쌓인 백색 시베리아 벌판과 격동기의 모스크바 거리와 라라의 슬
프고 애틋한 표정을 내 마음의 인화지에 담은 것은 이십 대 후반
이었습니다. 그러고 보니 내게도 이십 대가 있었던 것 같네요. 나
는 그때 강원도 원주와 횡성을 누비는 육군 상병이었습니다. 짧
은 휴가를 얻어 서울에 나왔는데, 북창동에서 아버지를 도와 사
료 회사에서 일하던 고향 친구 윤충묵을 기다리는 시간이 길어
져 어떻게 시간을 죽일까 기웃거리다가 질척대는 용산의 군인
극장에 들렀습니다. 포스터를 미리 보고 간 것은 아니었는데 마
침 상영되는 영화는 〈닥터 지바고〉였습니다. 처음엔 광활하게 펼
쳐지는 설원雪原의 풍경에 잠시 마음을 빼앗기다가 차츰 눈 묻은
군복과 군화가 더워지면서 몸은 그만 잠 속으로 빠져들고 말았
습니다. 스크린은 돌아가지만 나는 눈꺼풀의 무게를 이기지 못
했습니다. 잠시 뒤 눈을 떴을 땐, 화면에는 의사이자 시인인 유리
가 병원의 창밖을 내다보다가 거리를 지나가는 라라를 발견하고
병원을 뛰쳐나와 라라를 따라가고 있었습니다. 그러더니 정신적

피로와 격무에 시달리던 유리가 자신을 지탱하지 못하고 길 위에 쓰러져 죽는 장면으로 이어졌습니다. 라라는 미샤에게 받은 유리의 시를 읽으며 유리의 장례식장을 빠져나오고 있었습니다. 경찰에 체포된 라라는 어떻게 되었는지를 아쉽게도 영화는 말하지 않더군요. 훨씬 뒤에 나는 파스테르나크의 다음 구절을 읽고 깊이 찔렸습니다.

> 그리고 오월, 기차 여행 중 한 조그만 역에서 / 까미쉰 간선 철도의 열차시간표를 읽을 때 / 그것은 읽고 또 읽어도 / 성경보다 위대하나니
>
> 〈마르부르크〉 부분

그렇습니다. 위의 시 〈눈 오는 밤에는 연필로 시를 쓴다〉를 쓰게 된 것은 뇌리에 각인된 이 영화의 마지막 장면 때문입니다. 그러나 한 편의 시가 완성되기 위해서는 여러 장면의 소품이 따라야 합니다. 눈 오는 밤은 시골 교회 뒷담, 기다리다 기다리다 그만 돌아설까 망설이다 작은 그림자로 나타나던, 처음 닿던 입술이 인 듯불이던, 소녀…, 이 역시 이 시의 배경으로는 빠뜨릴 수가 없었습니다. 나는 지금도 이별이 아름다운 소설, 누구의 손에서도 묘사된 적 없는 새로운 이별의 문체가 새로 태어나기를 기다립니다. 그런 소설이 태어나기만 한다면 저는 입은 옷 그대로 신던 신

발 그대로 서점으로 달려가겠습니다. 서점에서 그 책을 사기도 전에 달려가면서 머릿속으로는 소설의 전편을 다 읽어버릴 것입니다. 읽고 나서 당신께 이야기해 줄 수 있는 아늑한 공간도 예비해 두겠습니다.

제2부

바람의 손가락이 꽃잎을 만질 때

세상을 만드는 것은 장엄하고 웅혼한 것만은 아닙니다.
작고 여리고 순한 것들이 우리 사는 세상을 아름답게 가꿉니다.

나무

너 살아 있었구나

봄나무여

나 너와 함께 이 땅에서 오래 참으리라

나무가 감정을 지니고 있다면 믿겠습니까? 나무도 기쁘거나 슬
픈 감정을 지니고 있다고 나는 믿습니다. 나는 십팔 년 전에 비슬
산 자락 덕촌리라는 산골에 작은 집을 짓고 나무와 살고 싶어서
마당가에 꽤나 많은 나무를 심었습니다. 묘목 시장에 가서 벚나
무, 살구나무, 매실나무, 오동나무, 전나무, 배롱나무 어린 것들
을 사다 심었지요. 그리고 그 곁에는 개나리, 진달래, 가시명자,
개복숭아도 함께 심었습니다. 나무가 뿌리를 내리고 커가는 모
습을 바라보며 지내는 십여 년이 행복하게 흘러갔습니다. 그들
에게 물 주고 북주며 다친 나무의 상처를 꿰매주는 일, 바람에 쓰
러진 나무에겐 부목을 덧대주는 일은 아기를 돌보는 일과 같았
습니다. 그 일은 거짓 없이 나무들과의 대화를 나눈 시간이었습
니다.

　나무는 태어난 곳에서 생을 마친다고 시에 쓴 일이 있지만, 나
무들은 언제나 한자리에 말없이 서 있는 것만은 아닙니다. 나무
들은 끊임없이 움직이고 끊임없이 수런거립니다. 아침 햇빛이
유리알처럼 쏟아져 오면 나무는 이파리들을 흔들며 춤을 춥니

다. 소낙비가 오고 회오리바람이 불어올 때면 잎을 안으로 숨기고 몸을 움츠립니다. 나무가 춤을 추는 모습은 아침 물가에서 반짝이는 윤슬을 보는 것 같고 바람에 몸을 감싸는 모습은 엄마가 젖먹이를 보듬는 모습을 연상시킵니다.

내가 심은 나무들 가운데 가장 키 큰 나무는 느티나무입니다. 느티나무는 십 년이 지나면 그 큰 키로 지붕을 누르고 그늘로 마당의 절반은 덮어버립니다. 느티나무 그늘은 두껍고 넓어 그 아래는 다른 나무들이 자라지 못합니다. 심을 때 어리던 느티나무가 처마와 지붕을 덮을 때 나는 사닥다리를 놓고 올라가 톱으로 느티나무의 가지를 베었습니다. 그것은 나무를 해코지하려고 한 일이 아니라 창에 햇빛을 좀 더 받기 위함이었습니다. 그런데 한 번 톱이 지나간 느티나무는 곧 잎이 마르고 둥치의 껍질이 벗겨져 흰 뼈를 드러내었습니다. 그것은 마치 자신을 해친 자에게 항의라도 하는 모습이었습니다. 나무의 화난 모습을 그때 나는 분명히 보았습니다.

그래서 나는 한 가지 생각을 했습니다. 그것은 말라 죽어가는 나무에게 음악을 들려주면 생기가 돌지 않을까 하는 생각이었습니다. 그날부터 나는 그 나무 아래 의자를 놓고 매일이다시피〈돈데보이Donde Voy〉를 들려주었습니다.〈돈데보이〉는 청아하면서도 애달픈 라틴계 팝송입니다. 그런데 이게 웬일일까요. 한 달쯤 지나니 죽어가던 나무의 한 가지에서 가냘픈 싹이 나오는 것 아니겠습니까. 그 눈록을 보았을 때 나는 참으로 기뻐서 탄성을 질렀습니다. 내가 위에서 '나무도 감정을 지닌다'고 한 것은 그 때문입니다. 그래서일까요? 너무도 많은 시인들이 나무에 대한 시를 남겼습니다. 나무의 품성을 사람에 비유한 시 두 편을 볼까요.

얼굴이 바로 푸른 하늘을 우러렀기에 / 발이 항시 검은 흙을 향하기 욕되지 않도다 / 오오 알맞은 위치! 좋은 위아래.

우리가 보지 않는 동안에도 / 부러지지 않고 서서 / 우리가 잠자는 동안에도 / 죽지 않고 서서 / 우리가 죽은 뒤에도 / 말 없이 서서 / 하늘로 뻗어 오르며 / 구름이 되고 빛이 되어 / 활활 타오르는 / 생각하는 나무여 / 아, 부드러운, 나무의 뼈.

앞의 시는 정지용 시인의 〈나무〉의 첫 부분이고 뒤의 시는 김규동 시인의 〈의식의 나무〉 전문입니다. 정지용 시인의 〈나무〉는 추위 더위를 참고 이긴 나무의 품성을 자신의 가톨릭 신앙 고백에 비유한 시입니다. 그런가 하면 김규동 시인의 〈의식의 나무〉는 우리가 잠자는 동안에도 마르거나 죽지 않고 살아서 잎을 피우고 열매를 맺는 나무의 견인력을 노래한 시입니다. 그러기에 '생각하는 나무'고 '부드러운 뼈'를 가진 나무입니다. 그런 기품을 지닌 나무기에 시인들은 누구라도 하나같이 나무 예찬자가 됩니다.

요즘은 발간되는 시집이 많아져서 시집을 받고도 답장을 쓰기가 어려워졌습니다만, 그런 가운데에서도 일일이 손 글씨로 답장을 써 보내주는 분들이 있습니다. 김종길, 김규동, 김윤식, 유종호 같은 분들이 그런 분들입니다.

그 가운데서도 나는 김규동 시인에게서 받은 답장을 여러 편 가지고 있습니다. 그분이 특히 나에게만 답장을 보냈으리라고는 생각지 않습니다. 그분은 책을 받고 답장을 보내는 일이 몸에 밴, 참으로 예의 바른 분이었습니다. 그분이 내게 보내준 답장의 하나는 이렇습니다.

-산다는 것은 누군가를 사랑하는 일, 혹은 사랑했던 기억의 방으로 들어가는 일- 그렇습니다. 산다는 것은 누군가를 사랑하는 일입니다. 시집《내가 만난 사람은 모두 아름다웠다》출간을 송축합니다. 무자 팔월 이십오일, 김규동. 대인 옥안하玉案下

위의 시 〈나무〉는 십수 년 전에 낸 나의 시집《스무 살에게》에 한 번 실리고 난 뒤 까맣게 잊고 지낸 시입니다. 며칠 전에 김초혜 시인이 그의 시 모음집《사람이》에 수록한 뒤 그 책을 보내주어서 나로서는 잃었던 기억을 되찾게 된 시입니다. 3행밖에 안 되는 짧은 시지만 다른 시인들의 '나무시'들과 자리를 함께할 수 있어서 집 나간 아이를 되찾은 듯한 느낌입니다.

나무만큼 스스로를 희생해 남을 편하고 이롭게 하는 것이 자연

가운데 또 있습니까. 쉘 실버스타인의 《아낌없이 주는 나무》는 그래서 많은 독자들에게 사랑받는 책 아닙니까. 나무의 그 무욕과 헌신은 사람이 종교에 귀의하는 일보다 더 크고 넘치고 숭고한 일이라 나는 생각합니다. 저 들녘 끝이나 산기슭에서 모진 바람에 휘고 꺾여 생채기를 입고도 넉넉히 견디는 나무, 가지에 무거운 눈을 얹고도 겨울을 이기고 다시 봄이 되면 잎을 밀어내고 꽃을 피우는 나무. 그것을 성자에 비긴 시들은 결코 과장이 아닙니다. 내 톱에 가지가 잘려 화가 났다가 내가 들려주는 노래를 듣고 다시 잎을 내미는 마당의 저 느티나무가 나에게는 성수聖樹 보리수나무고 무화과나무입니다.

내가 가꾸는 아침

연필 깎아 쓴다

누구에게라도 쉬이 안기는 아침 공기를
섬돌 위에 빨아 넌 흰 운동화를

손톱나물, 첫돌아이, 어린 새, 햇송아지
할미꽃 그늘에 앉아 쉬는 노랑나비를

밟으면 신발에 제 피를 묻히는 꽃잎
가지에 매달려 노는 붉은 열매 식구들을

내 무릎까지 날아온 살구꽃 꽃이파리
편지 쓰는 연인의 복숭앗빛 뺨

연필 깎아 쓴다

세상을 건너가는 열렬한 기후들

나에게 놀러 온 최초의 날씨를

···

오늘 아침 갑자기, 기쁨은 꽃처럼 피어나고 슬픔은 열매처럼 익는다고 흰 종이에 적어놓고 싶어졌습니다. 세상일에 지지 말자는 마음이겠지요. 내가 길어내지 않으면 누가 내 하루에 기쁨을 가져다주겠습니까? 꽃나무에 물 주듯 기쁨을 내 손으로 길어 올리자는 것이겠지요. 그러면 마음속에 도사렸던 슬픔들도 열매처럼 익을 것이라는 마음이겠지요. 말이 꽃으로 피고 시가 열매로 익는 마을이 있다면 나는 내 가진 모든 것 다 내려놓고 그 마을로 갈 것입니다.

어느 시인은 시 이천 점을 쓴 뒤 서른 점을 고른다고 했습니다. 나는 이백 점을 쓰고 두 점을 고릅니다. 시라는 이름의 글은 써도 써도 미진한 느낌뿐인 끝 모를 채광입니다. 그러나 어디에 닿으면 한 줄금 반짝이는 금맥을 만날 수 있을지를 알 수가 없는 채광입니다.

쉰 해를 시와 함께 걸어왔습니다. 긴 시간을 함께 걸어보니 시라는 게 늘 근심덩어리입디다. 풀잎처럼 천연할 수도 구름처럼 태연할 수도 없습디다. 차라리 편안 한 꾸러미 지고 볕 잘 드는 옹

두리 곁에 세 들어 물봉숭아 꽃잎같이 곱다란 숨이나 자주 쉬며 살까 생각도 해보았습니다. 이래저래 지나온 긴 시간, 까맣게 찌어든 장독에 꽃가지 몇 날 피어난들 무어 그리 탓할 바 있겠습니까. 그리 마음 내려놓으니 이제 연필 쥔 손이 저녁의 수저처럼 편안합니다. 그래도 슬픔, 아픔 헤적여 더 써야지요. 시는 늘 부끄러움의 근원, 무안無顔의 소치라는 생각입니다.

생은 과일처럼 익는다

창문을 누가 두드리는가, 과일 익는 저녁이여

향기는 둥치 안에 숨었다가 조금씩 우리의 코에 스민다

맨발로 밟으면 풀잎은 음악 소리를 낸다

사람 아니면 누구에게 그립다는 말을 전할까

저녁이 숨이 될 때 어둠 속에서 부르는 이름이

생의 이파리가 된다

불빛으로 남은 이름이 내 생의 핏줄이다

하루를 태우고 남은 빛이 별이 될 때

어둡지 않으려고 마을과 집들은 함께 모여 있다

어느 별에서 살다가 내게로 온 생이여

내 생은 나 혼자만의 것이 아니구나

나무가 팔을 벋어 다른 나무를 껴안듯

사람은 마음을 벋어 타인을 껴안는다

어느 가슴이 그립다는 말을 발명했을까

공중에도 푸른 하루가 살듯이

내 시에는 사람의 이름이 살고 있다

붉은 옷 한 벌 해지면 떠나갈 꽃들처럼
그렇게는 내게 온 생을 떠나보낼 수 없다
귀빈이여, 생이라는 새 이파리여
네가 있어 생은 과일처럼 익는다

사과나무는 제 먹을 것도 아니면서 가을이면 백 개 혹은 이백 개의 사과를 답니다. 팔이 부러질지도 모르면서 알알마다 향기를 불어넣습니다. 풀들은 제 몸을 밟는다고 앙탈하지 않습니다. 꽃들은 땅으로 지면서도 붉은 이파리를 버리지 않고 더 붉어집니다. 하루의 해가 저물고 저녁이 놀을 데리고 산을 내려와 지붕을 덮을 때 나무들은 제 그림자를 추슬러 어둠 속으로 묻습니다. 그땐 누구라도 가슴속으로 불러보고 싶은 이름이 떠오릅니다. 가슴속에 불러볼 이름이 있다는 것, 그것이 우리가 살아 있다는 증좌 아니겠습니까.

물드는 저녁놀 아래서 하루를 돌아보는 마음, 그것보다 애틋하고 진실한 삶이 또 있겠습니까? 생은 그다지 긴 것도 그다지 짧은 것도 아닙니다. 생이 길다거나 짧다거나 하는 것은 오로지 그 사람의 주관적인 판단입니다. 누구의 생이건 생은 숨 쉬고 걸어가고 피안에 닿고 싶어 하고 그리고 가끔은 걸어온 길을 되돌아보면서 추회에 젖기도 합니다. 그것이 생을 일으키고 생을 완성하는 자양분이 됩니다. 생에는 속성 재배란 없습니다. 하루 만에

다 이루어지는 생은 없습니다. 우리의 생은 그토록 하루하루, 초록에서 푸름으로, 푸름에서 붉음으로 제 몸을 옮겨가는 과일과 같습니다.

그래서일까요? 시인 안상학이 이 시에 대해 이렇게 썼군요.

시는 '생이라는 새 이파리'가 함께하는 밤에서야 그리움을 내려놓고 비로소 익어간다는 깨달음입니다. 무르익으면 지는 법, 한 몸 같던 그리움도 지지 않으면 지울 수도 있다는 말이겠습니다. 누군가를 그리워하며 기다렸다면 창문을 두드리는 소리는 더할 나위 없이 반가운 것 아니겠습니까.

그렇습니다. 생은 그리움을 먹고 키가 큽니다. 그러나 그리움도 너무 무거우면 조금은 내려놓을 줄도 알아야 합니다. 내려놓는다는 건 버림이 아니라 내일을 위한 저장이고 키움입니다. 익는 과일처럼 조금씩 조금씩 완성되기에 자신에게 온 생은 자신의 귀빈입니다.

" 사과나무는 제 먹을 것도 아니면서
가을이면 백 개 혹은 이백 개의 사과를
답니다. 팔이 부러질지도 모르면서
알알마다 향기를 불어넣습니다.

익는 과일처럼 조금씩 조금씩
완성되기에 자신에게 온 생은
자신의 귀빈입니다. "

그립다는 말

그립다는 건 많이 만진다는 것

만져서 손때를 묻힌다는 것

이파리 나비 소낙비 뭉게구름 같이

부르면 마음이 물든다는 것

그 곁에 앉으면 무릎이 따뜻해진다는 것

텃밭에 뿌린 초록 씨앗처럼

알록달록 추억이 꽃핀다는 것

그립다는 건

속옷까지 촉촉이 젖는다는 것

그해 가을은 유난히 알밤이 많이 달렸었지요. 한 해도 거르지 않고 추석 때가 되면 어김없이 밤나무에 밤송이가 입을 벌립니다. 밤송이가 벌어지기 시작하면 가을이 깊어집니다. 열세 살 나의 가을은 참도 쓸쓸했습니다. 나는 매일처럼 영재, 창재와 함께 초등학교를 다녔습니다. 그들은 나와 같은 반 동무로 바람 부는 날도 비 오는 날도 약속이나 한 것처럼 둥구나무 아래 기다렸다가 셋이 모여 학교로 갔습니다. 그러나 그들은 5학년 때 이사 가는 아버질 따라 읍내 학교로 전학을 갔습니다. 한 학년이 열다섯 명밖에 안 되는 시골 초등학교 교실은 영재와 창재가 전학을 가고 난 뒤 열세 명만 남았습니다. 그들이 읍내 학교로 전학을 가고 난 뒤부터 나는 외톨이가 되었습니다.

전학을 간 영재와 창재는 한 해에 한 번, 추석날이 되면 우리 동네를 찾아왔습니다. 앞산 숲에 서 있는 밤나무의 알밤을 따기 위해서였지요. 그들은 알밤을 장대로 따거나 나무를 타고 올라가 조리개로 따기도 했습니다. 그러나 알밤 따기는 그들보다 내가 더 잘했지요. 그래서 추석날이 되면 나는 아침부터 그들을 기다렸습니다.

점심때가 되어 그들이 오면 나는 그들의 알밤 따기를 도와주고, 그들과 마주 앉아 그동안 개울에 나가 가재 잡고 뒷동산에 올라가 소 먹이던 이야기며 우리 소가 창길이네 소와 뿔싸움을 하다가 우리 소가 뿔이 빠진 이야기를 신나게 했습니다.

나는 그때까지 읍내를 가보지 못했습니다. 다만 상상으로 읍내에는 높은 건물이 있고 네거리가 있을 거라고, 소방서가 있고 경찰서가 있을 거라고만 생각했습니다. 그들은 나에게 읍내에는 극장이 있고 서커스도 자주 온다고 했습니다. 나는 그들과 함께 툇마루에 걸터앉아 그들에게서 읍내 이야기를 듣는 게 좋았습니다.

그러나 그들과 함께 이야기하는 시간은 길지 않았습니다. 그들은 해가 지기 전에 하루에 한 번 오는 버스를 타고 다시 읍내로 가야 했기 때문입니다. 그랬기에 나는 오늘만은 버스가 안 왔으면 좋겠다고 생각하기도 했습니다. 그들이 가고 나면 나는 다시 외톨이가 되어 밤나무 숲에서 우는 새와 달빛 속에서 어둠을 찢어대며 우는 귀뚜라미의 친구가 되어야 할 테니까요.

그들과 함께 밤송이를 까 소쿠리에 담으면서도 줄곧 그런 생각을 하다가 나는 그들에게 제안했습니다. 오늘은 내가 알밤을 맛있게 구워줄 테니 읍내에는 내일 가면 안 되겠느냐고, 재미있는 이야기를 하면서 밤을 새우고 내일 가면 안 되겠느냐고, 그런 제

안을 하는 내 표정은 사뭇 진지했습니다. 그들이 안 된다고 할까 봐 나는 가슴이 두근거렸습니다. 나에게는 그들을 붙잡아 둘 거리가 그것밖에 없는 것이 안타까웠습니다.

해가 설핏해지고 아랫마을에 버스가 도착할 무렵 그들은 나를 남겨두고 읍내로 떠나버렸습니다. 나는 버스를 타러 가는 그들의 뒷모습을 바라보며 마을 밖 들안길 끝에 혼자 서 있었습니다. 저녁놀이 내 머리카락을 붉게 물들였습니다. 어머니가 "철아―" 하고 저녁 먹으러 오라고 부르는 소리를 들으면서도 땅에서 발이 떨어지지 않았습니다. 어느새 발아래는 땅거미가 잦아들고 둥구나무 가지 사이로 보름달이 얼굴을 내밀고 있었습니다. 열세 살 나의 가을, 내 생애 다시 오지 않을 그해 가을이 실바람 같은 시 한 편을 쓰게 했습니다. 이 글은 애잔하고 쓸쓸한 내 마음의 밥그릇입니다.

작은 것이 세상을 만든다

종이 위에 볼펜 지나가는 소리로 세상을 들을 수 있다면

강가 모래알이 오늘은 얼마나 더 작아졌는지를 말할 수 있다

밥상 위에 수저 놓이는 소리로 세상을 들을 수 있다면

오늘 하루 물속의 돌멩이가 얼마나 냇물에 더 깎였는지를 말할 수 있다

한 잎을 지나 다른 잎으로 가는 애벌레의 발자욱으로 세상을 걸어갈 수 있다면

이 세상이 연필 글씨처럼 아늑함을 말할 수 있다

봉투를 뜯기 전 그의 마음을 읽을 수 있는 것은 지혜가 아니라 사랑이다

오늘 돋는 풀잎처럼 내일을 기다릴 수 있다면

아궁이에 사위어가는 재의 따스함을 말할 수 있다

세상을 만드는 작은 것들, 나비 날개소리 같은, 실바람 소리 같은,

제 살을 헐고 붉은 꽃을 내보내는 꽃나무 같은,

●●●●

연민은 힘이 됩니다. 연민은 동정보다 사랑에 더 가깝습니다. 그것을 알기 위해서 이반 세르게예비치 투르게네프의 산문시 한 편을 읽어드리겠습니다.〈참새〉라는 시입니다.

나는 사냥에서 돌아오는 길에 수풀 사이를 걷고 있었습니다. 별안간 나의 개는 몸을 땅에 대고 걸음을 천천히 옮기고 있었습니다. 나는 수풀 저쪽을 바라보았습니다. 거기엔 주둥이가 노란 어린 참새 새끼가 땅에 떨어져 날개를 파닥이고 있었습니다. 바람이 몹시 센 날이었습니다. 개는 살금살금 새끼 쪽으로 다가가고 있었습니다. 그때 별안간 검은 가슴을 한 어미 참새가 나무에서 돌팔매처럼 떨어져 개한테로 달려들고 있었습니다. 그리고 몸을 옴츠리고 애처로운 울음소리를 내며 이빨을 드러낸 개의 턱을 미친 듯 쪼려 하고 있었습니다. 그는 자기의 귀중한 새끼를 구하려고 몸을 뒤흔들며 자기 몸으로 개의 이빨을 막으려 했습니다. 그러나 그의 작은 몸뚱이는 공포에 떨며 목소리는 쉬어 애처로운 소리를 지르고 있었습니다. 어미 새는 제 목숨을 생각하지도 않고 새끼를 위해 제 몸을 던지는 것이었습니다. 그 새에게는 개가 얼마나 큰 괴물로 보였을까요. 그러나 어미 새는 높은 가지에서 가만히 지켜보고만 있을 수는 없었습니다. 어린 새를 노리던 개는 발을 멈추고 더 다가가질 못했습니다. 나는 급한 마음으로 개를 불러들여 데리고 가면서 경건한 무엇을 가슴에 새기고 그 자리를 떠났습니다. 그렇습니다. 결코 웃어서는 안 됩니다. 이 거룩한 참새에 대하여, 그 사랑의 힘에 대하여 나는 오래오래 생각하고 생각했습니다. 사랑은 죽음보다도 굳셉니다. 사랑은 죽음의 공포보다 힘이 셉니다. 그 사랑만으로, 그 사랑의 힘만으로 인생은 유지되고 세상은 움직이는 것입니다. 나는 생각에 생각을 쌓으면서 집으로 돌아왔습니다.

이 시는 1963년에 나온《세계명시선》이라는 책에 실려 있습니다. 책 뒤를 보니 책값이 백이십 원이군요. 종이는 낡고 부스러져 누런 종이 가루가 손에 묻어나는 낡은 책입니다. 이 낡고 해진 책에서 이 시를 다시 읽게 된 감동은 마치 옛 친구를, 도저히 못 만날 것 같던 옛 친구를 다시 만난 기쁨입니다. 우리가 읽는 시집에는 참 좋은 시가 많지만 투르게네프의 시들은 늘 무언가 한 바구니의 선물을 건네주는 느낌입니다.

그렇습니다. 우리 삶이란 늘, '한 잎을 지나 다른 잎으로 가는 애벌레의 발자욱으로 세상을 걸어'가는 걸음걸이고, 그 걸음걸이를 시로 쓰는 시간은 '이 세상이 연필 글씨처럼 아늑함'을 말할 수 있는 시간입니다

세상을 만드는 것은 결코 장엄하고 웅혼한 것만은 아닙니다. 보다 작은 것들, 나비 날개소리, 끊어졌다 다시 불어오는 실바람소리, 나뭇잎을 갉아 먹다가 내일 먹을 잎사귀를 남겨놓고 잠드는 솜털벌레, 아직 안 오는 제 어미를 기다리는 가지 위의 어린 새끼 새들, 제 살을 헐고 붉은 꽃을 내보내는 꽃나무 같은 것이 세상을 만듭니다. 그러한 작고 여리고 미미한 것들이 우리 사는 세상을 아름답게 가꿉니다.

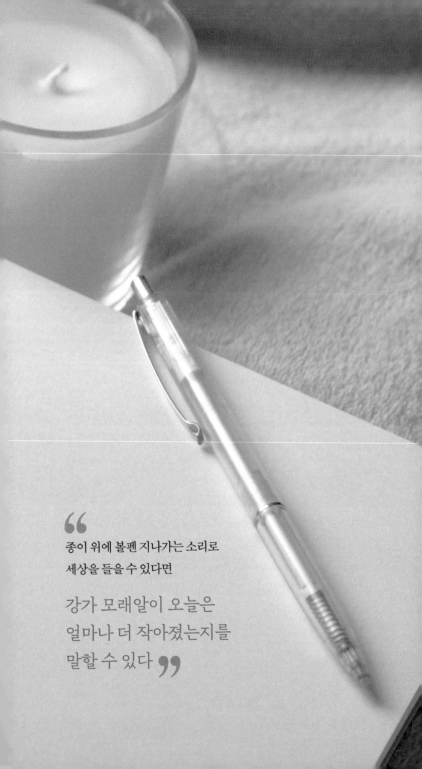

" 종이 위에 볼펜 지나가는 소리로
세상을 들을 수 있다면

강가 모래알이 오늘은
얼마나 더 작아졌는지를
말할 수 있다 **"**

송아지

사월 유등 들판에
족두리처럼 서 있는 송아지
돋는 풀에 발이 간지러운가

마알간 얼굴, 까아만 눈

저 눈 속에 종이배를 띄우고
한 사흘만 찔레꽃처럼
흘러가 봤으면!

중학 시절 국어 교과서에서 박목월 시인의 시 〈청노루〉를 읽었습니다. 그 시는 어쩌면 독자에게 보내는 연두색 편지였을지도 모릅니다. '먼 산 청운사 / 낡은 기와집 // 산은 자하산 / 봄눈 녹으면 / 느릅나무 속잎 피어가는 열두 구비를 // 청노루 맑은 눈에 도는 구름'이 전문입니다. 나는 그중 '청노루 맑은 눈에 / 도는 구름' 이라는 구절에서 화살을 맞았습니다.

   그런데 훨씬 뒤에 생각한 것이지만, 이 시의 '청노루 맑은 눈에 / 도는 구름'은 실제의 경험이 아니라 시인의 상상에 의해서 태어난 구절이 아닐까 싶었습니다. 노루는 동물 가운데 가장 겁 많은 동물이기 때문에 '사람이 다가가 그 눈 속에 떠도는 구름'을 관찰하도록 가만히 견디는 동물이 아닙니다. 시인이 경주시 건천이라는 시골에서 자랐기 때문에 노루에 대해 잘 알기는 했겠지만 사람인 시인이 노루 곁에 가서 그 눈 속을 들여다볼 수 있을 정도로 노루를 가까이 할 수는 없는 노릇이기에 그렇습니다. 이 시에는 기실, 시인이 자의적으로 쓴 명사들이 많습니다. '청운사'나 '자하산' 등의 이름이 그것입니다. 이런 이름은 경주나 건천에 있는 절이나 산 이름이 아닙니다. 한시漢詩에 익숙한 시인은 당나라의 시에 젖어 있었을 것입니다. 자하산이나 청운사는 중국의 산과 절 이름입니다.

그 후 반세기가 지난 뒤 나는 정현종 시인의 〈송아지〉를 읽으면서, '세상에 나온 지 / 한 달밖에 안 된! / 송아지 // 너 때문에 / 이 세상도 / 생긴 지 한 달밖에 안 된다!'에 한 번 더 데었습니다. 시인은 원성 들판을 미친놈처럼 헤매 다니다가 문득 들판 가운데 동그마니 서 있는 한 마리 송아지를 발견하고 그 송아지의 앙증스런 모습에 찔려서 이 시를 썼을 것입니다. 이 두 시 때문에 나는 내 어릴 적 동무, 너무도 살가운 그 송아지에 대한 시를 몇 번이나 써보려 했으나 그때마다 번번이 막혔습니다.

2020년 8월은 유난히 긴 장마였습니다. 온 나라에 물난리가 나고 한반도 여기저기가 물에 잠겼지요. 낙동강이 범람하고 섬진강에 홍수가 났습니다. 강가에 있는 집들이 떠내려가고 집집마다 키우던 소와 돼지가 물살에 휩쓸려 가는 모습이 티브이에 방영되었습니다. 섬진강가의 어느 시골 마을에서는 급기야 암소 두 마리가 마당에 차오르는 홍수를 피해 지붕 위에 올라가 땅을 내려다보고 있는 모습이 생생하게 방영되었습니다. 많은 시청자들이 그 기이한 광경을 보고 찬탄했겠지만 나는 전에 없던 큰 충격과 감동을 받았습니다. 소가 지붕에 올라가다니! 기상천외한 일이 아닙니까? 그런데 이튿날 그 암소가 땅으로 내려와 송아지를 낳았다지 않습니까. 화면을 통해 보는 송아지, 그 송아지의 아직 여린 네 다리의 비틀거림, 그 송아지의 쫑긋거리는 귀, 그 송아지의 까아만 주둥이, 그 송아지의 흑요석 같은 눈망울! 내 열 살 적 단짝 동무였던 송아지, 그 뒤 쉰 해 동안은 까맣게 잊고 살았던 송아지, 그때의 눈망울을 빼닮은 어제 낳은 송아지, 그 눈망울은 지금 내가 살고 있는 각북면 덕촌리에 봄이면 어미 소의 꽁무니를 따라 쫄랑쫄랑 걸어 나오는 그 송아지와 영락없는 쌍둥이입니다. 그 광경을 보면서 시를 써야겠다는 충동을 받았지만 시는 쉬이 쓰이지를 않았습니다. 일주일을 생각하다가 가까스로 내 연필은 이것밖에 쓰지 못했습니다. '저 눈 속에 종이배를 띄우고 / 한 사흘만 찔레꽃처럼 / 흘러가 봤으면!' 쓰고 난 지금도 마음은 아쉬움뿐입니다.

봄밤

가난도 지나고 보면 즐거운 친구라고
배춧국 김 오르는 양은그릇들이 날을 부딪치며 속삭인다
쌀과 채소가 내 안에 타올라 목숨이 되는 것을
나무의 무언으로는 전할 수가 없어 시로 써보는 봄밤
어느 집 눈썹 여린 처녀가 삼십 촉 전등 아래
이별이 긴 소설을 읽는가 보다
땅 위에는 내가 아는 이름보다 훨씬 많은 사람들이
서까래 아래 제 이름 가꾸듯 제 아이를 다독여 잠재운다
여기에 우리는 한 생을 살려왔다

누가 푸른 밤이면 오리나무 숲에서 비둘기를 울리는지
동정 다는 아낙의 바느질 소리에 비둘기 울음이 기워지는
봄밤
잊히지 않은 것들은 모두 슬픈 빛깔을 띠고 있다
숟가락으로 되질해 온 생이 나이테 없어
이제 제 나이 헤는 것도 형벌인 세월

낫에 잘린 봄풀이 작년의 그루터기 위에

또 푸르게 돋는다

여기에 우리는 잠시 주소를 적어두려 왔다

어느 집인들 한 오라기 근심 없는 집이 있으랴

군불 때는 연기들은 한 가정의 고통을 태우며 타오르고

근심이 쌓여 추녀가 낮아지는 집들

여기에 우리는 한 줌의 삶을 기탁하러 왔다

행복의 얼굴은 서로 비슷하지만 불행의 얼굴은 모두 다르다, 라고 문호 톨스토이는 말했습니다. 나는 불행도 와이셔츠 다림질하듯 매만져 다리면 행복의 얼굴로 돌아올 수 있다고 시에 썼습니다. 누구에게나 행복과 불행은 외출할 때의 갈음옷처럼 달라질 수 있는 것이라는 믿음에서입니다. 마냥 행복하다고 느낄 때는 조금 마음을 억제하고 불행하다고 느낄 때는 조금 마음을 돋운다면 행복과 불행은 줄무늬 남방처럼 서로를 양보하면서 조화를 이룰 수 있다고 생각합니다.

우울한 날 나는 참말 와이셔츠를 다림질하듯, 옷가게에 나가 줄무늬 남방을 고르듯, 이런 글을 쓰면서 마음을 달래보았습니다. 〈채송화가 피었어요〉라는 작은 이야기입니다.

다경이는 엄마한테 물었어요.

"엄마, 왜 내 이름이 다경이에요?" "왜? 네 이름이 싫으니?" "아뇨, 그저 왜 내가 다경인지가 궁금해서요." "글쎄다. 할아버지가 네 이름을 그렇게 지으신 거란다." "할아버지는 어디 계세요?" "할아버지? 할아버지는 산에 계시지?" "산? 어느 산에요?" "할아버지는 네가 태어난 다음 다음 해에 돌아가셨단다." "아이 참, 그러면 할아버지한테 물어볼 수도 없고…. 이름은 한 번 지어지면 평생 동안 바꾸지 못하나요?" "그렇단다. 특별한 일이 없으면 누구든 한 번 지은 이름은 바꾸지 않는단다." "그런데 왜 내 이름은 뻐꾸기가 아니고 다경이인지 궁금하거든요, 엄마." "사람 이름이 뻐꾸기라고?" "예에, 뻐꾸기처럼 노래도 잘하고 예쁘기도 한 이름이면 더 좋을걸." "그것은 사람 이름이 아니라 새 이름이야. 새 이름을 사람 이름으로 하는 일은 어디에도 없단다." "그러면 채송화라고 하면 되잖아요." "하하하, 다경이를 채송화라고? 그거 괜찮은 이름이긴 하구나."

엄마는 다경이를 내려다보며 잠시 도마 위에서 무를 썰던 손을 멈추었어요.

"그러면 지금부터 다경이는 네 이름이고 채송화는 별명으로 하자꾸나." "별명이 뭔데요?" "이름 말고 또 하나 붙여진 이름을 별명이라 하지." "그러면 이름이 두 개겠네요."

그날부터 다경이는 이름이 두 개가 되었어요. 학교의 출석부와 가방과 책과 공책에는 모두 송다경이라는 이름이 쓰여 있었어요. 그러나 집에 오면 아빠와 엄마는 송다경 대신 채송화로 불렀어요. 다경이는 제 이름이 채송화로 불리는 것이 더 기분 좋았어요.

　그날 오후, 다경이는 앞마당에 채송화를 심었어요. 그런 뒤 하루도 빠뜨리지 않고 아침과 저녁엔 물을 주었어요. 채송화는 정말 예쁜 얼굴로 아침 햇볕에 피어났어요. 한나절에 꽃잎을 오므렸다가 저녁 빛살에 다시 반짝였어요. 그때마다 다경이는 제 이름을 채송화로 바꾸길 참 잘한 일이라 생각했어요. 채송화 옆에서 채송화를 들여다보고 있으면 마치 제 얼굴을 보는 것 같아 기뻤어요. 그럴 때면 다경이는 채송화 꽃잎을 따서 얼굴에 살짝 붙여보기도 했어요.

그래요, 어느 집인들 한 오라기 근심 없는 집이 있겠습니까? 그러나 근심이 쌓여 추녀가 낮아지는 집들이라면 우리는 여기에 채송화 같은 한 줌의 삶을 기탁하러 온 것 아닙니까.

　평론가 나민애는 위의 시를 두고 '인생을 담은 우리의 시들은 행복과 불행 그 사이쯤에 놓여 있다. 그런 시들은 내가 있고 세계가 있고, 둘 다 살아 있다는 것을 느끼게 한다. 우리는 이 시에서 행과 불행의 글자를 잠시 지울 수 있다. 한 줌의 삶을 잠시 기탁하려, 주소를 잠시 적으러 왔을 뿐이라는 말에서 더 큰 의미가 느껴져 마음이 울컥한다'라고 썼더군요. 내 글을 누군가가 읽어준다는 것은 밥솥에 자진 쌀밥 같은 것임을 그런 때마다 느낍니다.

월동엽서

순이, 손을 몇 번 불어서 그 겨울은 지나갔나

미나리 잎새 얼어서 얼음 밑에 묻혀 있던 그 겨울

장작개비 책보에 앉고 가던 등굣길

소백산맥 끝 웅크린 골짜기

너는 전근 가는 아버질 따라 진준가 사천인가로

닳은 고무신을 끌며 떠났지만

얼음이 얼다 녹던 축축한 멧부리에 앉아

마른 잔디만 집어 뜯던 나는 지금

허언을 괴로워하는 삐걱이는 강의실 계단을 오르내린다

스물을 지나 서른이 되어서 너의 검정 치마도

세상 따라 모양이 달라졌겠지만

진준가 사천인가의 언덕 아래 조그만 마을에서

너는 이제 두 번째 아이를 낳고 들길에 나가 너의 아이들에게

새로 핀 꽃 이름을 가르치고 있는가

이 겨울 난로 꺼지면 나는 양말을 갈아 신고

저 죽은 풀빛의 들판이나 밟으면서

겨울의 가장 따뜻한 곳으로 걸어가야겠다

눈이 내리면 다시 시린 손을 불며

나는 물소리가 귀를 씻는 조그만 산골에서 소년 시절을 보냈습니다. 열다섯 집밖에 안 되는 작은 마을에도 해와 달은 한 번도 어기지 않고 차례를 지켜 찾아왔습니다. 보름달은 너무 밝아 여린 별빛들을 가리지만 동산 위로 달이 둥그렇게 떠오르면 저녁을 먹은 동네 아이들이 둥구나무 아래 나와 달리기를 하거나 씨름을 했습니다.

　아이들 가운데는 삼순이가 있었습니다. 삼순이는 얼굴이 동글동글하고 목소리가 물방울 소리 같은 계집아이였습니다. 나보다 세 학년 아래인 삼순이는 가끔 학교에서 받아온 책을 들고 우리 집 툇마루에 와서 나한테 산수를 배우고 국어 숙제를 도와 달라고 조르기도 했습니다. 그는 신발이 없어 학교에 갈 때 아니면 늘 맨발이었고 옷이라곤 검정 물을 들인 삼베 치마저고리와 겨울 무명 베옷 한 벌밖에 없었습니다. 그렇지만 나물을 뜯고 꼴을 벨 때는 남자아이들보다 낫질을 더 잘하는 다부진 아이였습니다. 보름밤이 되면 나는 저녁을 먹고 미리 둥구나무 아래 나가 삼순이를 기다렸습니다. 삼순이는 내가 달밤 둥구나무 아래서 기다리는 줄 알면서도 저녁 설거지가 끝나지 않으면 밖을 나오지 못했습니다. 엄마의 일을 도와야 하기 때문이었지요.

나는 가끔 삼순이에게 〈달맞이〉라는 노래를 불러주기도 했습니다. '아가야 나오너라 달맞이 가자, 앵두 따다 실에 꿰어 목에다 걸고, 검둥개야 너도 가자 냇가로 가자.' 그런 삼순이는 내가 중학교에 들어간 뒤 얼마 안 되어 이름도 모르는 먼 마을로 이사를 갔습니다. 그런 뒤 내가 고등학교를 마칠 때쯤 시집을 갔다는 말을 먼 소문으로만 전해 들었습니다.

그 후 십여 년, 어느 가을날 오후, 내가 생활하고 있는 대학에서 삼순이를 꼭 닮은 청소부를 만났습니다. 강의를 마치고 연구실을 올라가는 계단에서였습니다. 그 청소부는 너무도 초췌해 나는 그의 곁으로 가 얼굴을 확인할 수가 없었습니다. 내 눈으로는 그가 틀림없는 삼순이었지만 그의 가까이에 가서 이름을 묻거나 인사를 건넬 수는 없었습니다. 그는 강의동의 복도 청소일을 하고 있었고 그의 손에는 빗자루와 물걸레가 들려 있었습니다. 그러나 그날 우연히 만난 그는 그 뒤 한 번도 그 자리에 다시 나타나지 않았습니다. 청소부를 그만둔 것일까? 아니면 나를 피해서 다른 동棟으로 일자리를 옮긴 것일까? 그가 만일 청소부를 그만두었다면 혹시 나 때문은 아닐까, 그런 생각이 오래오래 내 마음에 남아 있었습니다. 그런 사연이 있은 그해 겨울 나는 이 시를 썼습니다.

'순이, 손을 몇 번 불어 그 겨울은 지나갔나 / 미나리 잎새 얼어서 얼음 밑에 묻혀 있던 그 겨울 / 장작개비 책보에 얹고 가던 등굣길 / 소백산맥 끝 웅크린 골짜기', 이 허두 부분은 삼순이와 내가 자랐던 고향 마을의 정황입니다. 그리고 '진준가 사천인가의 언덕 아래 조그만 마을에서 / 너는 이제 두 번째 아이를 낳고 들길에 나가 너의 아이들에게 / 새로 핀 꽃 이름을 가르치고 있는가'라는 후반부는 수소문해도 알 수 없는 삼순이의 생활이 못내 궁금해서 쓴 구절입니다.

이 시가 발표된 얼마 뒤 시인 김용락이 어느 글에서 이 시를 우리 시대 가장 절실한 '연애시'라고 쓴 것을 보았습니다. 연애시라면 조금 낡아 잿빛이 된 연애시쯤은 될는지요?

청소부를 하고 아기 돌보미를 하는 삶이라 해도 거룩하지 않은 삶은 없습니다. 작은 접시에 담긴 앵두알이 더 붉고 귀하게 보입니다.

이 겨울 난로 꺼지면 나는 양말을 갈아 신고
저 죽은 풀빛의 들판이나 밟으면서

겨울의 가장 따뜻한 곳으로 걸어가야겠다
눈이 내리면 다시 시린 손을 불며

내가 바라는 세상

이 세상 살면서 내가 하고 싶은 일은
사람이 많이 다니는 길가에 꽃모종을 심는 일입니다
이름 없는 꽃들이 길가에 피어나면
지나가는 사람들이 그 꽃을 제 마음대로 이름 지어 부르게
하는 일입니다
아무에게도 이름 불리지 않은 꽃이 혼자 눈시울 붉히면
발자국 소리를 죽이고 그 꽃에 다가가
시처럼 따뜻한 이름을 그 꽃에 달아주는 일입니다
부리가 하얀 새가 와서 시의 이름을 단 꽃을 물고 하늘을 날
아가면
그 새가 가는 쪽의 마을을 오래오래 바라보는 일입니다
그러면 그 마을도 꽃처럼 예쁜 이름을 처음으로 달게 되겠지요

그러고도 내가 하고 싶은 일이 남아 있다면, 그것은
이미 꽃이 된 사람의 마음을 시로 읽는 일입니다
마을마다 살구꽃 같은 등불 오르고

식구들이 저녁상 가에 모여 앉아 꽃물 든 손으로 수저를 들 때

식구들의 이마에 환한 꽃빛이 비치는 것을 바라보는 일입니다

어둠이 목화송이처럼 내려와 꽃들이 잎을 포개면

그날 밤 갓 시집온 신부는 꽃처럼 아름다운 첫아일 가질 것
입니다

그러면 나 혼자 베갯모를 베고

그 소문을 화신처럼 듣는 일입니다

나는 스무 살 시절, 앨프리드 테니슨의 〈이노크 아든〉이라는 서
사시에 꽂혀 며칠을 식음을 끊은 채 그 시 속에 빠져 지낸 적이 있
습니다. 여러분도 알고 있겠지만, 그 솜이불 같고 알사탕 같은 이
야기를 오늘은 한 번 더 빌려올까 합니다.

영국의 어느 조그만 바닷가 마을에 이노크 아든과 필립 레
이와 애니라는 소녀가 소꿉놀이를 하면서 자라고 있었습니
다. 이 아이들은 늘 어른 흉내를 내면서 하루하루를 즐겁게
보냈습니다. 소꿉놀이를 할 때 세 아이들은, 오늘은 이노크
가 애니의 신랑이 되고 내일은 필립이 신랑이 되는 놀이를
했습니다. 그러는 나날, 세월은 흘러 이들도 어느덧 청년이
되었습니다. 청년이 된 뒤에도 이들은 산으로 바닷가로 어
울려 다녔습니다. 어느 하루, 그날은 이노크와 애니가 신랑
신부가 되어 숲속에 들어갔고 필립은 아버지의 병간호를
하다가 숲에 늦게 도착했습니다. 두 사람의 행방을 찾던 필
립은 어둠침침한 개암나무 숲에서 이노크와 애니가 사랑에

빠져 있는 장면을 보고 말았습니다.

　그러나 가난한 이노크가 애니와 살림을 꾸리기 위해서는 돈을 벌어야 했습니다. 돈을 벌기 위해 배에서 일하던 이노크는 크게 다쳐 일을 할 수가 없게 되었습니다. 일을 할 수 없는 이노크와 애니의 살림은 점점 더 가난으로 기울어 갔습니다. 그동안 이들에게는 아들 둘이 태어납니다. 일을 하지 않고는 먹고 살 수 없는 이노크는 애니와 아이들의 행복한 삶을 위해 중국으로 가는 무역선을 탑니다. 애니는 떠나는 이노크에게 사랑의 징표로 막내아들의 머리카락을 잘라 호주머니에 넣어줍니다. 그러나 돈을 벌기 위해 떠난 이노크는 십 년이 지나도 돌아오지 않습니다. 점점 가난해진 애니는 두 아들을 먹여 살리려고 노동도 하고 구멍가게도 했지만 그것으로는 가난을 벗어날 수가 없습니다. 그때 필립이 애니에게, 이노크는 아무래도 돌아오지 못할 테니 나와 결혼을 하면 내가 아이들의 양육을 도맡고 애니를 행복하게 해줄 수 있다면서 청혼을 합니다. 애니는 아직도 이노크가 돌아올 것이라는 생각에 변함이 없습니다. 그래서 필립에게 일 년만 더 기다려 달라고 부탁합니다.

　약속한 일 년이 지나도 이노크의 소식이 없자 애니는 필립의 청혼을 받아들입니다. 애니가 필립의 청혼을 받아들인 그날, 이노크는 죽지 않고 십 년 동안 모은 돈을 안고 고향으로 돌아옵니다. 불행하게도 돌아오는 도중 이노크가 탄 배가 난파하여 이노크는 무인도에 갇혔고, 동료들은 굶주리거나 병에 걸려 모두 죽었지만 이노크만 살아남은 것입니다. 천신만고 끝에 고향으로 돌아온 이노크는 마을의 여관집 수다쟁이 할멈에게 애니가 필립과 결혼했다는 말을 듣습니다. 슬픔을 이기지 못한 이노크는 밤마다 애니와 필립이 사는 집의 창문 아래 가서 그들이 행복하게 사는 모습을 불빛을 통해 바라봅니다. 그러나 누구에게도 자신이 이노크라는 것을 밝히지 않고 밤의 창문을 바라보면서 애니와 필립의 행복만을 위해 기도합니다. 자신의 생명이 얼마 남지 않았음을 안 이노크는 비로소 여관집 주인에게 자신이 이노크임을 고백합니다.

슬프고 아름다운 시입니다. 그런 슬프고 아름다운 연애라면 누구라도 한번 해보고 싶은 유혹에 빠집니다. 허구虛構는 없는 것을 있는 것처럼 꾸며낸 이야기지만 때로는 허구가 실재보다 더 아름다울 수 있습니다. 그것이 시의 세계고 소설의 세계입니다. 허구라면 어떻습니까. 그런 아름다운 소문들이라면 나는 '혼자 베갯모를 베고 / 그 소문을 화신처럼 듣'겠습니다. '그날 밤 갓 시집온 신부는 꽃처럼 아름다운 첫아일 가'졌다는 소문을 말입니다.

송가
─ 여자를 위하여

너를 이 세상의 것이게 한 사람이 여자다

너의 손가락이 다섯 개임을 처음으로 가르친 사람

너에게 숟가락질과 신발 신는 법을 가르친 사람이 여자다

생애 동안 일만 번은 흰 종이 위에 써야 할

이 세상 오직 하나뿐인 네 이름을 모음으로 가르친 사람

태어나 최초의 언어로, 어머니라고 네가 불렀던 사람이 여자다

네가 청년이 되어 처음으로 세상에 패배한 뒤

술 취해 쓰러지며 그의 이름 부르거나

기차를 타고 밤 속을 달리며 전화를 걸 사람도 여자다

그를 만나 비로소 너의 육체가 완성에 도달할 사람

그래서 종교와 윤리가

열 번 가르치고 열 번 반성케 한

성욕과 쾌락을 선물로 준 사람도 여자다

그러나 어느 인생에도 황혼은 있어

네 걸어온 발자국 헤며 신발에 묻은 진흙을 털 때

이미 윤기 잃은 네 가슴에 더운 손 얹어 줄 사람도 여자다

너의 마지막 숨소리를 듣고
깨끗한 베옷을 마련할 사람
그 겸허하고 숭고한 이름인
여자

우리가 한반도의 어느 땅에서 일찍 뜬 개밥바라기별을 바라보고 있을 때 우리가 가보지 못한 대서양의 어느 리아스식 해안에 아침이 온다고 생각하면 신비하지 않습니까. 우리가 한반도의 어느 마을에서 어둠을 뚫고 나오는 미자르별을 바라보고 있을 때 지구의 반대편 슬라이고의 첫 기차가 더블린을 향해 출발한다고 생각하면 경이롭지 않습니까. 내가 어둠 속에서 마음의 등불을 켜고 잊히지 않는 한 사람을 생각하고 있을 때 그도 같은 어둠 속에서 나를 생각하고 있다면 아늑하지 않습니까. 사람이 사는 곳, 그 땅 어디에든 꽃 피고 열매 맺는 계절이 다녀가고 비 오고 눈 내리는 사계四季가 다녀갑니다.

나무 중 가장 아름다운 나무는 지금 / 가지에 활짝 꽃을 달고 / 숲으로 가는 길섶에 서 있다 / 부활의 계절을 위해 흰 빛을 띠면서 // 한창 핀 꽃을 보기에 / 쉰의 봄은 잠깐이거니 / 숲으로 나는 가리라 / 눈을 쓰고 있는 벚나무를 보기 위해.

케임브리지대학교 라틴어 교수였던 하우스만이 정년을 맞아 쓴 시 〈나무 중 가장 아름다운 나무〉의 일부입니다. 태어나 자라고 성년이 되고 노년이 되는 시간은 살아 있는 모든 사람에게 한 치의 착오도 없이 다가오는 숙명의 시간입니다. 어떤 사람에겐 들꽃 피는 시간과 열매 맺는 시간, 비 오는 날과 눈 오는 날이 다녀가지 않겠습니까. 그러기에 나이가 들면 누구나 자신의 뒤를 한 번쯤 돌아보게 되는 것이지요.

누구에게나 젊음이란 피어나는 벚꽃, 벚꽃 그늘 아래 놓인 벤치에서 서로 부둥켜안고 있는 연인, 뛰어오르는 강물의 은빛 물고기, 초록 위를 뛰어내려 이파리조차 눈을 못 뜨게 하는 아침 햇살, 끓는 정오의 일렁이는 바다, 하얗게 부서지는 파도 아니겠습니까.

그러나 나이 들면, 자꾸만 지난 시간을 돌아보는 시간이 잦아집니다. 어른이 되고 노년이 되면 누구나 어린 시절로 돌아가 보고 싶어집니다. 길을 걸으며 꽃 이름을 외우고 풀벌레 노래를 따라 부르고 밤이면 별자리를 헤어보는 마음, 왜가리, 백로, 흰 뺨 검둥오리, 논병아리, 딱따구리, 휘파람새를 그 이름대로 불러보는 마음. 족두리꽃, 우산나물, 수제비꽃, 삿갓풀, 각시꽃의 이름과 이름들, 그런 이름을 부를 때마다 떠오르는 추억이 누구에게나 있습니다. 여름 밤하늘을 쳐다보며 불렀던 소년 시절의 별자리 이름, 작은곰자리, 기린자리, 물병자리, 백조자리를, 페가수스, 안드로메다, 오리온자리, 카시오페이아 자리를 추억의 일기장처럼 뒤적여 보는 시간이 있습니다. 늘 희망과 그리움에 비유되는 별자리, 그 별자리 이름을 잘못 부른다한들 바이 탓할 사람 있습니까. 카시오페이아 자리를 낙타자리라 부르고 북두성자리를 국자자리라 부른다고 누가 틀린 이름이라 나무라겠습니까.

한 생의 열차가 긴 터널을 지나 환한 아침 햇빛 속을 달릴 수만 있다면 누구든 그 가슴에 열세 살의 소년과 서른의 청년과 마흔의 장년과 예순의 노년을 함께 지니고 불행 따윈 거들떠보지도 않는 생을 펄럭이며 지나갈 수 있습니다. 시든 수필이든 형식에 얽매이지 않고 제 인생에 고맙다는 말 한마디는 담을 수 있습니다. 그것은 우리 모두의 값어치 있는 기록이고 측정할 수 없는 재산입니다.

나고 자라고 사랑하고 노년에 이르는 길을 우리는 일생이라고 부릅니다. 이 시 〈송가 — 여자를 위하여〉는 처음에는 그런 일생을 노래하려 했습니다. 누구의 생이든 그의 생애 가운데 가장 중요한 것은 연인이나 배우자 아니겠습니까. 그래서 처음엔 제목을 〈여자를 위하여〉라고 했다가 너무 가벼운 느낌이 들어 〈송가〉라 고쳤습니다. 〈여자를 위하여〉라고 하면 직접적인 지시고 〈송가〉라고 하면 비유적인 제목이 됩니다. 그러나 굳이 이 시를 여자를 위한 시로 읽을 필요는 없습니다. 양성兩性 어느 쪽으로 읽어도 나무랄 일은 아닙니다. 내용으론 여자의 삶을 쓴 것이지만 남자의 삶도 함께 말하고자 한 시니까요.

사랑의 기억

시집 한 권 살 돈이 없어 온종일 헌책방 돌 때 있었네

남문시장 고서점, 시청 옆 헌책방 돌 때 있었네

하루에 서른 편 키 큰 서가 아래 지팡이처럼 서서 읽을 때 있었네

모두들 서럽고 쓸쓸한 말로 시의 베를 짜고 있었네

귀에는 벌 떼 잉잉거리고 눈시울엔 안개비 촉촉이 서렸었네

어쩌다 마음에 드는 시 한 편 만나면 발길 돌리지 못하고

꽃술의 꿀벌처럼 뱅뱅거리다가

주인 눈살 피해 서너 번 문을 여닫을 때 있었네

더러는 노트 조각 찢어 열 줄 시를 베꼈네

주인 몰래 책장을 찢고도 싶었으나, 이게 시인데 시는 아름다운 것인데

나를 달래며 내일 또 오지, 모레 또 오지

문을 밀고 나올 때 있었네

그때마다 얇은 등에는 시구들이 고딕으로 찍혔었네

시집 이름 기억 안 나도 머릿속에 베껴놓은 시구 선명해

내일 또 와 베낄 거라고

문을 밀고 나오는 발등에 뜨거운 것이 툭- 하고 떨어졌네

머리카락 위로 낙엽이 시가 되어 내려앉았네

사랑이 깊었던 날들이었네

지금도 너 어디 있느냐 묻고 싶은 날들이었네

달려가 와락 끌어안고 싶은 날들이었네

꺾어서 화병에 담은 꽃보다 가까이 오라고 불러도 오지 않고 흔들리며 웃기만 하는 꽃이 더 아름답습니다. 그런 아름다움을 하나하나 놓치며 사는 삶이란 참 애석한 일이지요. 그럴 땐 옛날 기억을 도랑물 소리처럼 되살려보는 것도 하루의 위로가 됩니다. 아무것도 아름다울 것 없는 옛날이지만 돌아보면 다만 옛날이라는 이유만으로 아름다워지는 날들이 있습니다. 이런 이야기를 떠올리며 함께 가면 좋겠습니다.

1960년대를 풍미한 일본의 엔카演歌 가수 프랭크 나가이는 트럭 운전수였습니다. 성격이 소탈하고 로맨틱하여 여행을 즐겼고 여행을 할 때에도 혼자 트럭을 타고 다니기를 좋아했습니다. 그가 운전대를 잡고 긴 고속도로를 달리는 때면 온종일 혼자 노래를 불렀습니다. 심심하고 지루한 시간을 노래로 달랬던 것이지요. 어느 날 트럭을 몰고 고속도로를 달리는 도중, 자동차 고장으로 자신의 차를 버리고 나가이의 차로 옮겨 탄 신사 한 사람이 있었습니다. 나가이는 그 낯선 신사를 옆 자리에 앉히고 운전을 하면서 신사가 듣건 말건 쉼 없이 노래를 불렀습니다. 신사는 오랜

시간 그의 노래를 들은 뒤 차에서 내리면서 자신의 명함을 건네주었습니다. 그 신사는 당시 일본에서 가장 유명한 레코드 회사 사장이자 이름난 작곡가였습니다.

이 일로 일개 무명 트럭 운전수가 당대 최고의 일본의 엔카 가수로 태어나는 행운을 맞게 됩니다. 대표곡 〈유락정有楽町에서 만나자〉는 바로 그러한 사연을 지니고 있는, 전후 일본을 휩쓴 엔카입니다. 나가이는 다소 페이소스를 담은 저음 가수로 듣기에는 우리나라의 가수 남일해와 같은 계열의 가인이라고 합니다. 나는 이 이야기를 가락국수를 먹던 점심시간, 노년에 수필가가 된 이원달 선생에게서 들었습니다. 그는 중학 시절까지를 일본에서 공부하다 귀국한 경제학 교수입니다.

누가 시켜서겠습니까. 누구든 자기가 좋아서 하는 일이 마침내 자기의 생업이 되고 자신의 출세의 길이 되는 예는 흔한 일이지요. 나도 경남 거창에서 태어나 그곳서 고등학교를 졸업하고 대구로 나와 학교를 다닐 때 대구에 등 대일 방 한 칸이 없었습니다. 그러나 시와 소설과 노래는 한 번도 마음에서 떠나보낸 적이 없는 단짝 친구였습니다. 시집 살 돈이 없었기에 헌책방을 돌면서 낡은 서가 아래 몇 시간을 곤추서서 시집을 읽고 좋은 구절은 주인 눈치를 보며 노트 조각에 베껴놓기도 했던 시절이 있었습니다. 그때 곰팡이 냄새 나던 그 책들이 지금의 내 문학의 씨앗이었음을 이제야 조그맣게 귀띔합니다. 이 시는 그래서 행간에 는 개 같은 비애가 서려 있습니다만, 뒷날 선생이 되고 시인이 된 뒤 그때를 회억하며 하룻밤 만에 쓴 시가 이 시 〈사랑의 기억〉입니다. 그때의 가난과 슬픔이 지금은 등불처럼 그립습니다.

제3부

아침에 어린 나무에게 말 걸었다

바람의 손가락이 꽃잎을 만지고 갈 때
냇물은 다른 냇물을 만나려고 강으로 간다

내가 만난 사람은 모두 아름다웠다

잎 넓은 저녁으로 가기 위해서는
이웃들이 더 따뜻해져야 한다
초승달을 데리고 온 밤이 우체부처럼
대문을 두드리는 소리를 듣기 위해서는
채소처럼 푸른 손으로 하루를 씻어놓아야 한다
이 세상에 살고 싶어서 별을 쳐다보고
이 세상에 살고 싶어서 별 같은 약속도 한다
이슬 속으로 어둠이 걸어 들어갈 때
하루는 또 한 번의 작별이 된다
꽃송이가 뚝뚝 떨어지며 완성하는 이별
그런 이별은 숭고하다
사람들의 이별도 저러할 때
하루는 들판처럼 부유하고
한 해는 강물처럼 넉넉하다
내가 읽은 책은 모두 아름다웠다
내가 만난 사람도 모두 아름다웠다

나는 낙화만큼 희고 깨끗한 발로

하루를 건너가고 싶다

떨어져서도 향기로운 꽃잎의 말로

내 아는 사람에게

상추잎 같은 편지를 보내고 싶다

아름다움에는 설명이 필요하지 않습니다. 가장 아름다운 대상 앞에서 무슨 설명이 필요하겠습니까? 그런 '아름다움' 앞에서는 아, 하는 찬탄만 있으면 됩니다. 꽃, 하늘색, 넓고 푸른 바다, 에메랄드, 흑요석, 장미와 모란, 고혹적인 사람이 다 그렇습니다. 시도 그렇습니다. 시가 아름답다면 그 안에 눕거나 쉬고 싶어집니다. 셸리처럼, 키츠처럼, 예술 때문에 일찍 죽은 낭만주의 시인들의 명시처럼.

몇몇 사람이 이 시를 읽은 뒤 이런 의문을 제기했습니다. 사람 가운데는 미운 사람도 있고 고운 사람도 있는데 이기철은 어떻게 '내가 만난 사람은 모두 아름다웠다'고 할 수 있었을까, 그것은 시인이 시를 만들기 위한 감정의 수식 또는 과장이 아닐까, 하는 의문 말이에요. 그렇게 보면 그런 읽기도 가능합니다. 우리가 살아가는 동안 누구나 예외 없이 많은 사람을 만나고 많은 사람과 부대끼고 더 많은 사람과 손익을 계산하고 서로 간 경쟁자가 되기도 하는 것이 삶 아닙니까. 그런데 어떻게 그런 과정을 겪으며 사는 삶 가운데서 만난 사람이 모두 아름다울 수만 있겠습니까. 그러나 생각을 조금 바꿔보면 어떨까요? 사회생활이나 직장 생활에서 내가 미워하고 증오하는 사람이 있을 때 그 미움을 내려놓고 에둘러 그의 나쁜 점보다는 그의 좋은 점을 보고자 하는 마음 말입니다. 아무리 그가 나쁘고 사악한 사람이라 해도 그의 마음 가운데 어느 한쪽에는 선하고 아름다운 모습이 있을 거라는 생각 말입니다. 설령 그가 아흔아홉 가지의 나쁜 점이 있는 사람이라 하더라도 그 가운데 최소한 한 가지는 좋은 점이 있을 거라는 생각을 할 수 있다면 대답은 이미 나온 것입니다. 그렇게 생각하면 그도 편안하고 나 자신도 편안해집니다.

사람은 누구나 좋은 점과 나쁜 점을 함께 가지고 있습니다. 전적으로 선하기만 한 사람도 전적으로 나쁘기만 한 사람도 없습니다. 내가 그를 싫어하면 그도 나를 싫어하고 내가 그를 좋아하면 그도 나를 좋아하기 마련입니다. 그것이 사람 관계, 그것이 인간관계 아닙니까. 나는 〈흰 꽃 만지는 시간〉이라는 시에서, '아무도 안 왔다고 말하지 마라 / 하얗게 흔들리는 꽃이 왔는데'라고 쓴 적이 있습니다. 꽃이 아름답다는 것은 내가 아름다움을 볼 수 있는 눈을 가졌기에 가능한 것 아닙니까. 그것은 마음먹기에 따라 가능하기도 하고 불가능하기도 한 일입니다.

이 시가 시집의 표제가 되어 발간되었을 때 최동호 시인이 이렇게 썼더군요.

가을 저녁, 이기철의 열 번째 시집 《내가 만난 사람은 모두 아름다웠다》를 읽는다. 잊혀가는 것들에 대한 소중한 추억을 불씨처럼 되살리면서 그의 시는 낮은 목소리로 속삭이는 대화처럼 들린다. 지난 세대에도 그러했지만 그가 떠올리는 이미지들은 결코 삶의 전면에 부각되지 않는 작은 풀꽃과 돌멩이와 나뭇잎 같이 이름 없는 것들이다. 까마득히 잊고 있었는데 뜻하지 않게 찾아온 편지처럼 그의 시들은 가을밤 나뭇잎의 향기 같은 고요한 명상을 일으킨다.

시인 김완하는 어느 글에서, '이 시는 인공적인 것이 아니라 모두가 자연의 이미지를 활용하여 형상화되어 있다. 사람 간의 관계는 순수한 생명과 사랑의 의미 위에서 이루어져야 한다는 점을 역설하는 시다. 이 시는 한 번 읽는 것만으로도 우리의 마음을 깨끗하게 한다. 그리하여 누구라도 사람들을 향해서 진정으로 마음을 열게 한다'라고 썼더군요.

나는 십 년 전 여름, 통영의〈재능시 낭송협회〉연수회에 가서 그 회의 고문이신 김성우 선생으로부터 '이 시가 재능시 낭송회의 낭송 애호 순順 1번'이라는 말을 들은 적이 있습니다. 아마도 이 시가 가진 쉬운 말과 적절한 율동과 청람색 하늘 이미지가 낭송가들에게 신선한 이미지로 다가간 것이 아닌가 생각합니다. 그러나 고백하건대, 나는 지금까지 시를 쓰면서 한 번도 '낭송'을 염두에 두고 쓴 일은 없습니다.

봄잠으로 누워

바람 같은 것 먼지 같은 것 더불고 이 봄을 난다.

겨울에 말랐던 꽃들이 피어나는 논둑에

추위 타는 마른 쑥잎 터지는 소리

가다가 멈춰 서서 깊은 생각에 잠기는 강물이 얼음 풀고

낱낱이 흩어지는 모래들이 제 모습 감추며

천 F의 얼굴 씻어 내린다

헐벗은 것들 많이도 모여 낯가리고 우는 인동초

금으로 쏟아지는 눈부신 햇빛 아래서

굴뚝새의 소문이 궁금해 혼자 산을 오른다

생각하면 우리는 얼마나 무용한 일들에 부심해 왔는가

반짝이는 은화와 부질없는 논리와

주말까지는 관습으로 걷는 반이나 닳은 구두창

어제 띄운 두어 줄 편지는 도착했는가

긋고 지운 부끄러운 말의 조각은 전해졌는가

걸레 조각 같은 데라도 손을 닦고

돌아 돌아 보이는 마을을 두고 푸섶길 밟으면

인종의 저녁연기 두근거리며 산 아래 흩어진다.

너무도 많은 봄을 놓쳐버린 들판을 보며

개울물 한 가닥 하늘로 띄워 올리는

봄잠 가운데 눕는 이 조그만 그리움.

●●●

나는 사계절 중에 유독 봄을 좋아합니다. 봄비, 봄 아침. 봄 햇살, 햇살 아래 돋아나는 파란 새싹, 겨울 동안 웅크렸다가 날개를 펴고 날아오르는 작은 새, 어디선가 연원 모르는 곳에서 음악처럼 흘러내리는 개울물 소리, 내를 건너 불어와 옷깃을 흔드는 실바람. 나는 그런 봄의 정경을 만나면 기쁨보다는 먼저 슬픔을 느낍니다. 저마다 제 빛깔의 한 해를 일구어내려는 애처로움이 가슴을 꽉 메우기 때문입니다. 우리가 가는 길, 소년이 청년이 되고 청년이 장년이 되고 장년이 노년이 되는 길 또한 나에겐 슬픔으로 다가옵니다. 우리가 아등바등 살아가는 일 또한 마찬가지입니다.

내가 쏜 화살은 어디로 날아갔을까? / 한순간에 저 너머로 사라진 그 화살을 / 바라본들 볼 수 있을까? // 내가 부르는 노래는 어디로 울려 퍼졌을까? / 한순간에 저 너머로 울려 퍼진 그 노래를 / 귀 기울인들 들을 수 있을까? // 먼 훗날 세월이 흐르고 흐른 뒤에야 / 나는 다시 보았네 / 떡갈나무

밑둥에 / 그대로 박혀 있는 옛 모습의 그 화살을 // 먼 뒷날 시간이 가고 난 뒤에야 / 나는 다시 들었네 / 친구의 가슴에서 / 그대로 울리고 있는 그 시절 노래를

미국 시인 롱펠로의 〈화살과 노래〉라는 시입니다. 우리는 먼 훗날이 어디에 살고 있는지를 모르고 먼 훗날은 오늘과 얼마나 먼 곳에 있는지를 모릅니다. 그러나 우리는 먼 훗날에 닿기 위해 하루하루를 쉼 없이 걸어갑니다. 거기 있을 것 같아서 걸어가 보면 거기에는 먼 훗날은 없고 다시 더 먼먼 훗날이 안 보이는 언덕에 아지랑이처럼 하늘거립니다.

《에반젤린》이라는 아름다운 순정소설을 쓴 롱펠로의 집을 나는 가본 적이 있습니다. 롱펠로의 집은 매사추세츠 서드베리라는 곳에도 있지만 내가 가본 곳은 보스턴 시내에 위치한 그리 크지 않은 하얗고 예쁜 집입니다. 그 집은 우리나라의 여느 문학관처럼 화려하고 웅장한 집이 아닙니다. 소박하고 정갈한 하얀 집입니다. 하버드대학교 현대언어학 교수를 하면서 시와 소설을 썼던 롱펠로도 나이 들어서는 옛날 소년 시절이 그리웠던 모양입니다. 어릴 적 공중으로 쏘아 올렸던 화살, 벤치에 앉아 불렀던 사라진 노래, 그 화살과 그 노래를 세월이 지난 뒤 떡갈나무 아래를 지나면서 그는 아스라이 회상했던 모양입니다. 그런데 놀랍게도 그는 그 화살이 떡갈나무 밑둥치에 박혀 있는 것을 보았고 친구

의 가슴에 그 노래가 스며 있는 것을 보았답니다. 어쩌면 상상으로 본 것인지도 모르지요. 그 화살과 그 노래는 그의 마음에 꽂힌 화살, 마음에 남은 노래의 날개였겠지요.

이 시 〈봄 잠으로 누워〉도 그런 정황으로 읽으면 좋겠습니다. 나에게도 이 시를 썼던 스물일곱 살 적이 있었습니다. 그때라면 더 활달하고 힘찬 시를 썼어도 좋을 나이인데 왜 이토록 낮고 슬프고 애잔한 시를 썼는지를 지금의 나는 설명할 수가 없습니다. 아마도 나에게는 천성적으로 힘차거나 기개가 치솟는 시는 여간해 오지 않았던 것 같습니다. 그런데 어느 날, 포항으로 가는 버스에 앉아 뜻하지 않게 이 시가 방송을 타고 흐르는 것을 들었습니다. 아마도 사월 중순이었나 싶습니다. 방송의 목소리는 시에 꼭 알맞은 낮고 차분한 어조를 띠고 있었습니다. 나는 그것이 내 시인지도 모르고 한참 동안 낭송을 듣고만 있었습니다. 퍽 귀에 익은 낱말들이 방송을 타고 흘러와 누구의 시인가 하고 귀를 기울였습니다. 마지막 멘트에 시의 제목과 시인 이름이 나오고 낭송한 사람의 이름이 뒤따랐습니다. 무심결에 나는 '봄의 시' 한 편을 내 시인 줄도 모르고 들은 것입니다. 낭송은 당시 인기를 누리고 있던 배우 김자옥의 목소리였습니다. 그의 목소리는 미농지에 연필 지나듯 나지막이 가라앉은 목소리였습니다.

다시 한번 나는 봄을 좋아합니다. 나는 냉이꽃이 눈물처럼 피고 씀바귀잎이 무언가가 보고 싶다는 표정으로 돋아나는 삼,

사월을 좋아합니다. 그것은 옛날만의 일이 아니라 지금도 그런 봄을 나는 맞고 보냅니다. 봄은 만나지 못한 누구를 사랑하고 싶은 계절입니다. 봄은 모르는 누구에게 끝이 없는 긴 편지를 쓰고 싶은 계절입니다.

나무 같은 사람

나무 같은 사람 만나면 나도 나무가 되어
그의 곁에 서고 싶다
그가 푸른 이파리로 흔들리면 나도 그의 이파리에 잠시 맺는
이슬이 되고 싶다

그 둥치 땅 위에 세우고
그 잎새 하늘에 피워놓고도
제 모습 땅속에 감추고 있는 뿌리 같은 사람 만나면
그의 안 보이는 마음속에
놀 같은 방 한 칸 지어
그와 하룻밤 자고 싶다

햇빛 밝은 날 저자에 나가
비둘기처럼 어깨 여린 사람 만나면
수박색 속옷 한 벌 그에게 사주고
그의 버드나무잎 같은 미소 한 번 바라보고 싶다

갓 사온 시금치 다듬어놓고

거울 앞에서 머리 빗는 시금치 같은 사람,

접으면 손수건만 하고 펼치면 놀만 한 가슴 지닌 사람

그가 오늘 걸어온 길, 발에 맞는 편상화

늦은 밤에 혼자서 엽록색 잉크를 찍어 편지 쓰는 사람

그가 잠자리에 들 때

나는 혼자 불 켜진 방에 앉아

그의 치마 벗는 소리 듣고 싶다

소리 가운데 가장 아름다운 소리가 세 가지 있다 합니다. 책 읽는 소리, 아기 울음소리, 베 짜는 소리가 그것입니다. 요즘은 아기 울음소리도 듣기 어렵지만 베 짜는 소리는 이젠 우리의 곁에서 사라져 버린 소리가 되었습니다. 그러나 베 짜기는 우리보다 조금 앞서 살다간 사람들의 삶에서는 빼놓을 수 없는 가사家事중 하나였지요. 그래서 이 셋을 가사삼성家事三聲이라고 한답니다. 이 셋에 시 읽는 소리 하나를 더 보태면 어떨까요. 아마도 앞 사람들이 읽었다는 책은《천자문》이나《명심보감》,《논어》,《맹자》지 시집은 아니었을 테니까요.

　나무 같은 사람은 있어도 사람 같은 나무는 없습니다. 나무가 사람 같다면 귀엽거나 사랑스럽지 않고 흉물스러워 보일 것입니다. 그러나 사람이 나무 같다면 아름답고 미덥고 시원해서 그 아래 온갖 근심 다 내려놓고 며칠을 쉬고 싶어집니다. 나무에겐 슬픔이 없습니다. 비바람에 가지를 빼앗기고도 성내지 않습니다. 산불에 몸을 태우고도 머지않아 다시 파란 싹을 밀어 올립니다. 우리가 먼 데를 다녀와도 나무는 제 있는 자리에 그대로 서서 우리를 기다립니다. 내가 한 보름 동안 인도 여행을 마치고 돌아왔을 때, 떠날 때는 꿈도 꾸지 않던 살구나무가 어언 하얀 꽃을 달고 대문까지 가지를 내밀며 나의 귀가를 반색하는 걸 보았습니다. 나는 그 살구나무가 사람보다 더 반가워 아, 하는 탄성을 질렀습니다.

봄 신명이 도졌을까요? 어제 나는 지인과 함께 울주군 언양읍에 있는 작천정酌川亭엘 다녀왔습니다. 운문산, 간월산, 신불산을 지나 가지산을 돌아 두어 시간 만에 작천계곡에 도착했습니다. 이 좋은 명승지를 가까운 데 두고 처음 와본다는 게 외려 부끄러웠습니다. 삼십 리 청류벽은 운동장만 한 너럭바위를 물굽이로 씻어 내리고 하얀 자갈돌과 은모래 들은 한껏 잎을 펴 든 나무와 숲으로 일대 장관을 이루고 있었습니다. 그러나 청류벽보다, 너럭바위보다 더 우람하고 청청한 것은 소나무, 벚나무, 이깔나무, 청단풍나무 들이었습니다. 세상의 성인들도 모두 나무 아래서 꿈을 꾸고 나무 아래서 깨달음을 얻었다 하지 않습니까. 저 푸르고 넉넉한 나무들은 설령 전쟁이 터진다 해도 몸을 옴츠리거나 숨기지 않을 것입니다. 하물며 좋아하는 사람이 나무 같다면 어떻겠습니까. 우연하게도 나는 이런 글을 신문에서 읽었습니다.

학창 시절에 시집과 소설책을 끼고 살았다. 김춘수의 〈꽃〉, 윤동주의 〈별 헤는 밤〉, 김소월의 〈못 잊어〉를 밥 먹듯 외던 추억이 삼삼하다. '나도 문학소녀입네' 했지만 세월과 생활 앞에 어쩌랴.

한동안 시를 잊고 살았다. 어느 날인가 우연히 이기철 시인의 〈나무 같은 사람〉을 만났다. '어머!' 눈이 번쩍 뜨였다. 시가 참 좋았다. 소녀 시절이 돌아온 듯 가슴이 싸해졌다. 요새 나무 같은 사람이 어디 쉬운가. 특히 나무 같은 남자 만나기란 어렵다. 미남이나 얼짱은 많아도 믿음직스럽고, 가슴 넓고, 한마디로 나무 같은 사람 찾기가 쉽지 않다. 그런 남자 만나면 그 옆에 서고 싶다. 묵묵히 말 한 마디 없어도 세상이 환해질 것 같다.

아무리 돌아봐도 그런 사람, 자신을 땅속에 감추고 일하는 뿌리 같은 사람 찾기가 어려울 듯하다. 대신 수첩에 적어놓고 그리울 때마다 애송하게 됐다. 한번 만났으면 좋겠다. 이 시인을. 그는 나무 같으리라.

이 글은 탤런트 강부자 씨가 쓴 〈나를 흔든 시 한 줄〉입니다. 그러나 나는 아직도 이 유명 배우를 만나진 못했습니다. 우연이라도 한번 만나 그와 차 한잔 나눌 수 있으면 좋겠습니다. 그는 늘 푸짐한 인정과 웃음을 우리에게 전해주는 친근하고 소탈한 이미지의 탤런트 아닙니까. 그가 소녀 시절 시를 좋아했고 지금도 시가 좋아 수첩에 적어놓고 그리울 때마다 시를 애송한다니, 시인에게는 듣기만 해도 즐거운 말이지요. 사람이 나무일 수는 없지만 나무 같은 마음을 가진 사람이 될 수는 있을 것입니다. 저를 다 주고도 넉넉해지는 푸르고 넉넉한 나무 같은 사람 말입니다.

"

나무 같은 사람 만나면 나도 나무가 되어
그의 곁에 서고 싶다

그가 푸른 이파리로 흔들리면
나도 그의 이파리에 잠시 맺는
이슬이 되고 싶다 "

그렇게 하겠습니다

내 걸어온 길 되돌아보며
나로 하여 슬퍼진 사람에게 사죄합니다
내 밟고 온 길
발에 밟힌 풀벌레에 사죄합니다
내 무심코 던진 말 한마디에 상처 받은 이
내 길 건너며 무표정했던
이웃들에 사죄합니다.
내 작은 앎 크게 전하지 못한 교실에
내 짧은 지식 신념 없는 말로 강요한
학생들에 사죄합니다

또 내일을 맞기 위해선
초원의 소와 순한 닭을 먹어야 하고
들판의 배추와 상추를 먹어야 합니다
내 한 포기 꽃나무도 심지 않고
풀꽃의 향기로움만 탐한 일

사죄합니다

저 많은 햇빛 공으로 쏘이면서도

그 햇빛에 고마워하지 않은 일

사죄합니다

살면서 사죄하면서 사랑하겠습니다

꼭 그렇게 하겠습니다.

오늘 밤하늘에 어제까지 없던 별이 하나 더 뜬다고 한들 누가 그 것을 알기나 하겠습니까. 안 보이는 들판 가운데 꽃 한 송이 더 핀 다고 한들 누가 그것을 알겠습니까. 시인이 어둠 속에서 새로운 시 한 편을 더 쓴다고 한들 누가 그 시를 기억하겠습니까. 그러나 둥지의 새가 제 가슴으로 알을 품듯 시인은 시를 품습니다. 그 시 가 어느 날 당신의 눈에 들어가 당신의 가슴을 울릴 수 있다면 행 복하겠습니다.

이 시에서 내가 '살면서 사죄하면서 사랑하겠습니다 / 꼭 그렇 게 하겠습니다'라고 노래한 것은 신앙 고백이 아닙니다. 오래전 에 썼던 내 시의 한 구절입니다. 시를 쓰고 선생을 하고 적은 월급 을 받아 두 아이를 키우며 살아온 나에게 무에 그리 사죄해야 할 일이 있었을까 싶지만 내 손은 나도 모르게 그런 말들을 종이 위 에 자동 기술하고 있었습니다. 아마도 그것은 나의 삶보다도 이 런 시의 영향 때문이 아니었나 싶습니다. 다음 시는 습작기의 내 가 미칠 듯 좋아했던 서정주 시인의 〈풀밭에 누워서〉라는 시입니 다. 소설가 이봉구 선생의 설명에 의하면 이 시는 미당이 '일제 강

점기 때, 즉 무인년戊寅年 팔월에 쓴 시'라 합니다. 무인년은 서력으로 1938년입니다. 그러니까 내가 태어나기 오 년 전에 서정주 시인이 쓴 시입니다. 그런 시를 습작 시절의 나는 밤을 새워가면서 읽고 또 읽었지요. 철없이 이 시의 몇 구절을 편지에 담아 여자 친구에게 보내기도 했습니다.

오늘도 할 수 없이 못 가고 말았다. 내일은 어떻게 떠나야 할 텐데…. 우선 인질人質한 옷이나 찾아 입고 이 원 오십 전 주고 고무 바닥한 백단화나 하나 사 신고 이발이나 좀 하고 목욕이나 좀 하고…. 오늘도 풀밭에 누워서 혼자 생각하는 것은, (우리들의 행복을 위하야) 그런 것은 아니다. 불쌍한 안해야…. 혹 어쩌다 담배가 있으면 북향의 창에 턱을 고이고 으레 내가 바라보고 있는 것은 국경선 바깥, 봉천이거나 외몽고거나 상포로 가는 쪽이지 전라도는 아니다. 내가 인제 단 한 기대가 남은 것은 아는 사람 있는 곳에서 하로 바삐 떠나서, 안해야…, 너와 나 사이의 거리를 멀리 하야 낯선 거리에서 보고 싶은 것이지, (성공하기만) … 아무리 바래어도 인제 내 마음은 서울에도 시골에도 조선은 없을란다. 차라리 고등보통 같은 것, 문과 같은 것, 도스토옙스키와 같은 것, 온갖 번역물과 같은 것 안 읽고 말았으면 나도 그냥 정조식正條植이나 심으며 눈치나 살피면서 석유 호롱불 키워놓고 한 대를 지

컸을꺼나. 선량한 나는 기어 무슨 범죄라도 저질렀을 것이다. 고향은 항상 상가와 같더라. 부모와 형제들은 한결같이 얼굴빛이 호박꽃처럼 누렇더라. 그들의 이러한 체중을 가슴에 업고서 어찌 내가 금강주도 아니 먹고 외상술도 아니 먹고 주정뱅이도 아니 될 수 있겠느냐… 안해야, 나 또한 그들과 비슷하다. 너의 소원은 언제나 너의 껌정 고무신과 껌정 치마와 껌정 손톱과 비슷하다. 거북표류의 고무신을 신은 여자들은 대개 마음도 같은가 보더라. '네, 네, 하로 바삐 취직을 하세요.' 달래와 간장 내음새가 피부에 젖은 안해, 한 달에도 한 번씩 너는 찢어진 백로지 쪽에 이렇게 적어 보내는 것이다. 미안하다. 취직할 곳도 성공할 곳도 내게는 처음부터 없었던 걸 알아라. 유면히 씨가 이십 원만 꾸어주면 양복을 찾아 입고 이 원 오십 전짜리 백단화를 하나 사 신고 찻값을 삼십 전만 애껴가지고… 안해야, 너 있는 전라도로 향하는 것은 언제나 나의 배면이리라. 나는 내 등 뒤에다 너를 버리리라. 그러나 오늘도 북향하는 동공을 달고 내 피곤한 육체가 풀밭에 누웠을 때 내 등짝에 내 척추 신경에 담뱃불처럼 뜨겁게 와닿는 것은 그 늙은 어머니와 파뿌리 같은 머리털과 누런 이빨과 안해야 그 껌정 손톱과 흰옷 입은 무리, 조선말, 조선말, 잊어버리자.

그 뒤 나는 잊고 있던 이 시를 찾으려고 많은 잡지를 뒤졌지만 그 소재를 발견하지 못했습니다. 나는 내 머릿속에 있는 기억을 되살리며 여러 자료를 뒤지다가 뜻하지 않게 〈현대문학〉 제10권 제6호, 통권 114호(1964년 6월호)를 발견했습니다. 이 잡지에 소설가 이봉구 선생이 지난 시절의 문단 야화를 회고하는 글을 썼다는 것만 아슴푸레 기억하고 있을 뿐이었습니다. 그런데 종이 썩는 냄새가 나는 서가의 귀퉁이에서 그 책을, 실로 우연히 찾아낸 것입니다. 그 글에 인용된 〈풀밭에 누워서〉는 서정주의 〈밤이 깊으면〉과 함께 습작기의 내가 스무 번 서른 번 읽었던 산문시입니다.

평론가 권순진은 앞의 시 〈그렇게 하겠습니다〉에 대해, '살아오면서 맺은 숱한 인연들 가운데서 나로 인해 서운하거나 마음 상한 사람이 없다고 누가 장담할 것인가? 지금도 마음 갈피를 헤아리지 못해 서운했을 사람이 누구에나 있음을 안다'고 썼더군요. 그리 오래지 않은 일입니다. 살면서 사죄하면서 사랑하는 일이 쉽지는 않겠지만, 나는 할 수만 있다면 그렇게 하겠습니다. 아니 힘껏 그렇게 하겠습니다.

벚꽃 그늘에 앉아보렴

벚꽃 그늘 아래 잠시 생애를 벗어놓아 보렴

입던 옷 신던 신발 벗어놓고

누구의 아비 누구의 남편도 벗어놓고

햇살처럼 쨍쨍한 맨몸으로 앉아보렴

직업도 이름도 벗어놓고

본적도 주소도 벗어놓고

구름처럼 하이얗게 벚꽃 그늘에 앉아보렴

그러면 늘 무겁고 불편한 오늘과

저당 잡힌 내일이

새의 날개처럼 가벼워지는 것을

알게 될 것이다

벚꽃 그늘 아래 한 며칠

두근거리는 생애를 벗어놓아 보렴

그리움도 서러움도 벗어놓고

사랑도 미움도 벗어놓고

바람처럼 잘 씻긴 알몸으로 앉아보렴

더 걸어야 닿는 집도

더 부서져야 완성되는 하루도

동전처럼 초조한 생각도

늘 가볍기만 한 적금통장도 벗어놓고

벚꽃 그늘처럼 청정하게 앉아보렴

그러면 용서할 것도 용서받을 것도 없는

우리 삶

벌 때 잉잉거리는 벚꽃처럼

넉넉하고 싱싱해짐을 알 것이다

그대, 흐린 삶이 노래처럼 즐거워지길 원하거든

이미 벚꽃 스친 바람이 노래가 된

벚꽃 그늘로 오렴

···

햇볕은 적이 없습니다. 네 편 내 편이 없습니다. 햇볕은 들판과 강물과 마을만을 비추지 않습니다. 험한 벼랑과 산골짜기와 바닷속도 비춥니다. 돌담 아래 다소곳이 피어 있는 풀꽃을 보세요. 그어린 잎사귀들, 그 나붓한 꽃이파리들이 하나같이 햇볕 쪽으로고개를 내밀고 있지 않습니까. 햇볕의 손길에 쓰다듬어지기 위해서.

살아간다는 일은 슬픔만도 기쁨만도 아닙니다. 그 둘이 올과날이 되어 짜인 피륙입니다. 그러나 그 무게가 기쁨보다는 슬픔이 더한 것은 우리가 기쁨을 좋아하고 슬픔을 싫어하는 마음 때문입니다. 누구든 쓸쓸함과 비애가 몸을 짓누르는 때가 있는가하면 기쁨과 즐거움으로 달뜨는 때도 있습니다. 직장 생활, 사회생활뿐 아니라 가정생활에서까지도 기쁨과 슬픔은 교차합니다. 돈, 지위, 명예, 권력에서 내가 세상에서 제일일 수는 없습니다. 언제나 나보다 잘되고 앞서가는 사람이 있기 마련입니다. 글을쓴다는 것은 기실 남보다 뒤처져 그 슬픔과 아픔을 달래며 추수追隨하는 일 아니겠습니까.

일본의 시인 이시가와 다쿠보쿠는 이 같은 심정을 '친구가 나보다도 훌륭하게 보이는 날 / 꽃 사서 들어가서 아내와 논다'고 썼고 그보다 더 쓸쓸한 날은 '고향 사투리 그리워 / 기차역 인파 속으로 / 사투리 들으러 간다'고 썼습니다. 스물여섯 살을 살고 간 그의 생애는 아마도 기쁨보다는 슬픔과 비애가 더 많았던 듯합니다.

위의 〈벚꽃 그늘에 앉아보렴〉도 기쁨과 환희로 쓴 것이 아니고 내가 쓸쓸하고 외로울 때 썼습니다. 내가 사는 산골 집 마당에는 벚나무가 열한 그루 있습니다. 모두 내가 식물 농장에 가서 사다 심은 것입니다. 어린 나무를 사다 심었는데 십 년이 지나니까 어른 나무가 되었습니다. 사월이면 온 집 안이 벚꽃 마당이 됩니다. 그러나 벚꽃 시간은 짧습니다. 길어야 한 사나흘, 그나마 비라도 올라치면 이틀도 버티지 못하고 꽃은 다 지고 맙니다. 그러기에 활짝 만개한 벚꽃은 그만큼 귀하고 아름다운 손님입니다. 그런 날은 일부러라도 나는 나무 의자를 벚꽃 그늘에 내어놓고 벌 떼 잉잉거리는 꽃그늘에 앉아 밥 먹는 일도 잊은 채 시집을 읽거나 구름 같은 공상에 마음을 온통 내맡깁니다.

사월이 오면 이 시를 찾는 사람이 많다고들 합니다. 어떤 사람은 이 시가 나옹선사의 '청산은 나를 보고 말없이 살라 하고'와 유사하다고도 한다지만 나는 선사의 시를 염두에 두고 이 시를 쓴 것은 아닙니다. '더 걸어야 닿는 집도 / 더 부서져야 완성되는 하루도 / 동전처럼 초조한 생각도 / 늘 가볍기만 한 적금통장도 벗어놓고 / 벚꽃 그늘처럼 청정하게 앉아보렴'과 같이 삶의 어려움과 나날의 외로움을 달래는 것이 지혜에 가깝다는 걸 말하려고 쓴 것입니다.

닉네임을 '민수생의 상이불재'라고 쓰는 분은 아마도 고3 국어 선생님인가 봅니다. 그분은 고3 학력평가(2020년 3월) 문제에서 이 시를 풀이하며, '벚꽃이 다 져버린 사월에 아이들이 집에서 문제를 풀면서 읽어야 하는 상황이 무슨 벌을 받는 것처럼 아득하게 느껴졌다'고 썼더군요. 그 말은 틀린 답이 아닙니다. 올해도 내년에도 또 십 년 후, 백 년 후에도 사월은 올 것이고 사월이 오면 어김없이 벚꽃은 화사한 옷을 펄럭이면서 여러분과 우리 마당을 찾아올 것입니다. 그리고 고3 학생은 십 년 후, 백 년 후에도 시를 시로 읽기보다 정답 맞추기의 쓰디쓴 인내로 읽을 테니까요. 그러니 그대, '흐린 삶이 노래처럼 즐거워지길 원하거든 / 이미 벚꽃 스친 바람이 노래가 된 / 벚꽃 그늘로' 오세요.

근심을 지펴 밥을 짓는다

꽃씨 떨어지는 세상으로 내려가
꽃씨보다 더 작게 살고 싶었다
나뭇잎이 지면서 남긴 이야기를 모아 동화를 쓰고
병에서 깨어나는 사람의 엷은 미소를 보며
시를 쓰고 싶었다
저 혼자 나들이 간 마음이 날개가 찢겨 돌아올 때마다
가제 손수건으로 피 묻은 그의 얼굴을 닦아주었다
어린 근심아, 강을 못 건너고 돌아오는 네 얼굴의 슬픔
더 멀리 가려던 네 꿈이 새의 죽지처럼 꺾였구나
들판이 강물을 보듬고 남은 햇살이 하루를 껴안을 때
너의 몸이 종이쪽처럼 가벼워졌구나
악의를 씻어 국 끓이고 가시로 돋는 증오를 빗질하면
어느덧 마음 한편에 파랗게 돋는 새잎
모래의 마음이 금이 되는 날을 기다려
내 손수 지은 색동옷 갈아입히면
칭얼대던 근심들이 하얀 쌀밥이 되어 밥상에 오른다

그때 나는 너에게 상처를 보석이라고

슬픔은 실밥 따뜻한 내복이라고

이 세상 가장 조그만 편지를 쓰리라

근심이 눈발처럼 흩날려도

날개 찢긴 근심이 돌아와

갈아입을 옷 한 벌 다림질하리라

슬픔이 아닌, 눈물이 아닌,

환하고 따뜻한 이야기를 모닥불처럼 나누리라

많은 사람들은 윤동주의 시를 좋아합니다. 왜 윤동주의 시를 좋아할까요? 저항시인이라서일까요? 일본 사람들도 윤동주의 시를 좋아한다는 걸 보면 이 대답은 전적으로 맞는 말은 아닌 듯합니다. 그러면 너무 일찍, 스물여덟 살이라는 젊은 나이에 남의 나라 땅, 후쿠오카 감옥에서 옥사했기 때문일까요? 그것은 이유가 될 듯합니다. 그러나 그 시대에는 그만한 고통과 죽음을 감내한 사람이 윤동주 말고도 더 있으니 그마저도 전적으로 옳은 답은 아닌 듯합니다.

그러면 무엇 때문일까요? 나의 생각으로는 윤동주의 시에 어려운 말이 없고 시의 표현에 과장이 없기 때문일 듯합니다. 거기에 더해 시의 편편마다 진실이 배어 있기 때문이 아닐까 생각합니다. 그의 시를 읽으면 마치 시인의 정맥을 흘러가는 맥박 소리가 들리는 것 같거든요. 그의 많은 시들에는 식민지 지식인 청년으로서의 고뇌와 근심이 촉촉이 배어 있어요. 그런 고뇌와 근심을 그는 남의 탓으로 돌리거나 타인에게 앙탈하지 않고 스스로를 가라앉히고 자신을 달래는 모습으로 표현하고 있습니다. 마치 추위를 이기고 홀연히 돋아나는 봄풀처럼 말입니다.

　이 시는 윤동주의 시를 염두에 두고 쓴 것은 아닙니다. 그러나 근심을 가꾸고 슬픔을 다독거리는 일은 나에게도 윤동주처럼 어언 체질이 된 듯합니다. 나에게는 환희나 기쁨보다도 비애나 근심이 시를 쓰게 하는 힘이 될 때가 많습니다. '꽃씨 떨어지는 세상으로 내려가 / 꽃씨보다 더 작게 살고 싶었다'라거나, '나뭇잎이 지면서 남긴 이야기를 모아 동화를 쓰고 / 병에서 깨어나는 사람의 엷은 미소를 보며 / 시를 쓰고 싶었다'는 구절들은 그래서 태어난 것들입니다. 그래서일까요? 이 시를 여러 사람들이 낭송을 하는 것을 인터넷 등을 통해 들었습니다. 나는 나와 함께 그 낭송을 듣고 있던 어느 한 사람이 손수건을 꺼내 눈물을 훔치는 것을 보았습니다. 그 눈물은 개인적인 사연이나 그만이 가진 감정 때문이기도 하겠지만 아마도, 이런 구절 때문이 아닐까 싶습니다. '악의를 씻어 국 끓이고 가시로 돋는 증오를 빗질하면 / 어느덧 마음 한편에 파랗게 돋는 새잎 / 모래의 마음이 금이 되는 날을 기다려 / 내 손수 지은 색동옷 갈아입히면 / 칭얼대던 근심들이 하얀 쌀밥이 되어 밥상에 오른다 / 그때 나는 너에게 상처를 보석이라고 / 슬픔은 실밥 따뜻한 내복이라고 / 이 세상 가장 조그만 편지를 쓰리라'라는 구절 말입니다. 이런 구절이 그의 마음에 닿았거나 그가 숨기고 있던 내심의 상처를 어루만진 것은 아닐는지요? 이런 구절들은 기실 내가 좋아해서 사용하는 구절들이라기보다는 내 글쓰기가 나도 모르게 걸어가 쉬는 조용하고 편안한 안방이라고 하는 편이 낫겠습니다. 심금의 잉크로 눌러 쓴 마음의 기록이라고 하는 편이 낫겠습니다.

따뜻한 책

행간을 지나온 말들이 밥처럼 따뜻하다
한 마디 말이 한 그릇 밥이 될 때
마음의 쌀 씻는 소리가 세상을 씻는다
글자들의 숨 쉬는 소리가 피 속을 지날 때
글자들은 제 뼈를 녹여 마음의 단백이 된다
서서 읽는 사람아
내가 의자가 되어줄게 내 위에 앉아라
우리 눈이 닿을 때까지 참고 기다린 글자들
말들이 마음의 건반 위를 뛰어다니는 것은
세계의 잠을 깨우는 언어의 발자국 소리다
엽록처럼 살아 있는 예지들이
책 밖으로 뛰어나와 불빛이 된다
글자들은 늘 신생을 꿈꾼다
마음의 쟁반에 담기는 한 알 비타민의 말들
책이라는 말이 세상을 가꾼다

●●●

열 살 적 국정교과서를 받는 날은 행복했습니다. 거기엔 국어 책에 들어 있는 시가 페이지를 벗어나 나에게로 걸어오고 있었기 때문입니다. 나는 어쩌면 시를 배우려고 초등학교를 다녔는지도 모릅니다. 나는 어김없이 국어책은 학교에서 받아온 날, 그 하루 만에 다 읽어버렸습니다. 그리고 그 책에 실린 시들을 며칠 만에 거의 다 외웠습니다. 내가 자란 경상남도 거창군 가조면 석강리는 산골이었습니다. 봄에는 개나리와 진달래가 피고 여름에는 알밤나무에 말매미가 온종일 산을 떠메어 갈 듯 우는 시골 마을이었습니다.

그런데 나는 어른이 된 어느 날, 내 고향 같은 산골 소년 이야기를 어떤 동화구연가로부터 들었습니다. 벌써 이십 년이 지난 이야기지만 아직 나의 기억에 생생히 살아 있는 풀잎 같은 이야기입니다. 이 이야기는 여러분들도 아는 사람이 있을 것입니다.

아주 깊은 산골에 전교생 스무 명뿐인 초등학교 분교가 하나 있었습니다. 올해 2학년인 아이는 엄마 아빠가 일찍 돌아가시고 할머니와 함께 어간마루도 없는 오두막에서 살고 있었습니다. 할머니는 낮에는 텃밭에 감자와 고구마를 키우고 밤이면 전깃불도 들어오지 않는 어두운 부엌에서 저녁밥을 지으면서도 하나뿐인 손주를 오 리가 넘는 학교에 보내고 있었습니다. 어느 날 학교에서 돌아온 손주는 할머니에게 갑자기 '닌텐도를 사달라'고 졸랐답니다. 그러나 할머니에게 닌텐도를 사줄 만한 돈이 있을 리 없습니다. 그런 어느 날, 학교가 파하면 곧장 집으로 오던 손주가 점심밥을 차려놓고 기다려도 돌아오지 않았답니다. 이상히 여긴 할머니는 지팡이를 짚고 학교를 찾아갔답니다. 그런데 이게 웬일입니까. 교문에 들어서자 운동장 플라타너스 나무 아래 어린 손주가 무릎을 꿇은 채 두 팔을 들고 벌을 서고 있는 게 아닙니까. 할머니가 담임선생님을 찾아가 까닭을 물었더니 선생님의 대답은 이렇습니다.

종례 시간에 한 아이가, 제 닌텐도가 없어졌으니 찾아 달라고 하기에 교실을 뒤졌는데 아무리 찾아도 나오지 않았답니다. 혹 닌텐도를 가져간 사람이 있으면 손을 들라고 해도 아무도 손을 드는 사람이 없었답니다. 아이들을 모두 세워놓고 책상을 뒤졌더니 그 닌텐도가 손주의 가방 안에서 나왔답니다. 그래서 손주를 다른 아이들이 보는 운동장에 꿇어앉히고 벌을 세웠다는 것이었지요. 친구의 닌텐도를 훔쳤으니 벌을 받는 것은 당연한 일 아닙니까. 그런데 그 말을 들은 할머니가 별안간 지팡이를 내려놓고 손주 곁에서 두 손을 들고 땅에 꿇어앉았답니다. 선생님이 할머니에게 왜 그러시느냐고 묻자, 닌텐도를 훔친 것은 손주의 잘못이 아니라 그걸 사주지 못한 내 잘못이기에 내가 벌을 받아야 된다고 할머니가 대답했답니다. 그러자 이번엔 그 말을 들은 선생님이 할머니 곁에 꿇어앉았답니다. 할머니가 선생님에게 왜 그러시느냐고 묻자 선생님의 대답, 그것도 모르고 손주를 벌준 저도 아이 대신 벌을 받아야 합니다, 라고 말했답니다.

너무도 가슴이 짠한 이야기를 동화구연가에게서 들은 그날 함께 모였던 우리 스무 명의 어른들은 하나같이 손수건을 꺼내 눈시울을 닦았습니다.

수녀이신 이해인 시인은 가끔 내 시에 대한 따뜻한 감상 노트를 씁니다. 그는 이런 글을 썼더군요.

나는 이 시를 하루에 수십 번도 더 읽다가 시를 쓰신 시인 선생님께 오랜만에 감사의 인사를 드렸습니다. 책이라는 주제를 가지고 어쩌면 이리도 멋진 표현을 할 수 있는지 그 통찰의 깊이가 부럽다는 말과 함께. 이 시의 구절처럼 우리는 늘 '신생을 꿈꾸는 글자들과 놀고' '마음의 쟁반에는 비타민이 되는 말들을' 담아 인간

관계와 삶의 질을 높이는 영양시가 되도록 독려하는 사람이 됩시다! 우리 모두 책으로 밥을 먹고 책으로 꿈꾸는 '책 사랑의 책 사람'이 되기로 해요.

그러면서 그는 덧붙입니다.

시인으로 사십 년, 수도자로서의 오십 년의 인생 여정을 잘 걸어오게 해준 비결을 누가 묻는다면 나는 서슴없이 책 덕분이라고 하겠습니다.

그리고 그의 글머리에 또 한 마디, '위로가 필요한 당신에게 시 한 편을'이라는 관형구를 붙인 편집자의 마음이 개울물 소리를 내며 흘러갑니다.

우리 눈이 닿을 때까지 참고 기다린
글자들
말들이 마음의 건반 위를
뛰어다니는 것은

세계의 잠을 깨우는
언어의 발자국 소리다

별까지는 가야 한다

우리 삶이 먼 여정일지라도
걷고 걸어 마침내 하늘까지는 가야 한다
닳은 신발 끝에 노래를 달고
걷고 걸어 마침내 별까지는 가야 한다

우리가 깃든 마을엔 잎새들 푸르고
꽃은 칭찬하지 않아도 향기로 핀다
숲과 나무에 깃들인 삶들은
아무리 노래해도 목쉬지 않는다
사람의 이름이 가슴으로 들어와
마침내 꽃이 되는 걸 아는 데
나는 쉰 해를 보냈다
미움도 보듬으면 노래가 되는 걸 아는 데
나는 반생을 보냈다

나는 너무 오래 햇볕을 만졌다

이제 햇볕을 뒤로 하고 어둠 속으로 걸어가
별을 만져야 한다
나뭇잎이 짜 늘인 그늘이 넓어
마침내 그것이 천국이 되는 것을
나는 이제 배워야 한다

먼지의 세간들이 일어서는 골목을 지나
성사聖事가 치러지는 교회를 지나
빛이 쌓이는 사원을 지나
마침내 어둠을 밝히는 별까지는
나는 걸어서 걸어서 가야 한다

●●●

〈학교 가는 길〉이라는 영화를 본 적이 있습니까? 혹 그 영화를 보면서 눈시울을 적신 일이 있습니까? 무지와 가난의 처절한 아름다움을 그토록 절실하게 표현한 영화도 드물 것입니다. 배경이 된 아프가니스탄은 18세기 이후 오래 동안 러시아의 침공을 받았고 최근에는 미국의 침공을 받아 피폐하기 그지없는 나라가 되었습니다(아, 그리고보니 2021년 6월에 미군이 철수하고 탈레반이 통치하는 나라가 되었지요). 그런 나라의 전쟁과 학교 이야기를 담은 영화가 〈학교 가는 길〉입니다. 줄거리는 이렇습니다.

6살 소녀 박타이는 늘 집 앞의 토굴에 앉아 책을 읽는 압바스라는 소년에게 이야기를 듣습니다. 한 남자가 호두나무 밑에서 낮잠을 자다가 나무에서 떨어지는 호두 열매에 머리를 맞고, 호박이 아니라 호두라서 다행이라는 우화를 압바스로부터 듣지요. 그 우화를 들은 뒤 자신도 학교에 다니며 재미있는 이야기를 배워야겠다는 결심을 합니다. 가난한 집안에서 태어난 박타이는 학교에 가기 위해 달걀을 팔아 그 돈으로 공책을 사지만 계란 네 개의 값으론 연필까지는 살 수가 없습니다. 그래서 엄마가 아껴 쓰는 빨간 립스틱을 연필 대신 들고 압바스를 따라 학교에 갑니다. 그러나 거기는 남자 학교고, 여자 학교는 강 건너에 있습니다. 학교가 어디 있는지를 모르는 박타이는 다시 학교를 찾아가다가 길에서 탈레반과 미군의 공격 흉내를 내며 전쟁놀이를 하는 소년들에게 붙들려 위협을 당합니다. 겨우 위험을 벗어나 집으로 온 박타이는 그래도 학교를 가겠다는 결심을 굽히지 않습니다.

영화는 어른들과 선생님들로부터 외면당한 전쟁 국가의 버림받은 아이들의 현실을 그대로 보여줍니다. 박타이는 학교에서 돌아오는 길에 다시 전쟁놀이를 하는 아이들의 포로가 되어 토굴에 갇혔다가 간신히 거기를 탈출하여 어른들에게 그런 사실을 알리지만 어른도 선생님도 도움을 주려 하지 않습니다. 그런 상황에서 압바스는 박타이에게 전쟁에서 살아남는 방법을 가르쳐 줍니다. '죽은 척하면 살 수 있어'라고 말입니다. 이 한마디는 전쟁 국가의 어두운 현실과 학교 가는 길의 멀고도 험난함을 비유한 말이지요.

영화는 전쟁 국가에서 벌어지는 하루를 보여주면서 끝이 납니다. 그러나 영화가 끝난 뒤에도 무겁게 뇌리에 남는 것이 있습니

다. 그것은 어린 소년·소녀들의 운명이 되어버린 전쟁과 가난, 그
것을 이기는 길은 오로지 '학교'밖에 없다는 것입니다. 그렇습니
다. 학교 가는 길, 그 길은 나비가 햇살 아래로 날아가는 해맑은
길입니다. 방울새가 나뭇가지로 날아가는 파아란 공중의 길입니
다. 그 길은 '먼지의 세간들이 일어서는 골목을 지나 / 성사聖事가
치러지는 교회를 지나 / 빛이 쌓이는 사원을 지나 / 마침내 어둠
을 밝히는 별까지 / 걸어서 걸어서 가야 하는 길'입니다. 이 시는
교훈을 전달하기 위해서 쓴 것이 아닙니다. 그보다는 혼탁한 세
상에서 맑은 공기를 전달하고 싶은 충정을 쓴 시입니다. 이 시 역
시 많은 낭송가들이 애송한다는 말을 들었습니다.

사람의 이름이 향기이다

아름다운 내일을 기다리기에
사람들은 슬픔을 참고 견딘다

아름다운 내일이 있기에
풀잎이 들판에 초록으로 피어나고

향기로운 내일이 있기에
새들은 하늘에 노래를 심는다

사람이 사람 생각하는 마음만큼
이 세상 아름다운 것은 없다

아름다운 사람의 이름이 노래가 되고
향기로운 사람의 얼굴이 꽃이 된다

이름 부를 사람 있기에

이 세상 넉넉하고

그리워할 사람 있기에
우리 삶 부유하다

●●●

시의 육체가 되지 못했는데도 아주 버리기는 아까운 말들이 생각 속을 다녀갈 때가 있습니다. 버리기 아까워 시로 써볼까 하지만 어느 시의 발에도 맞지 않아 신기지 못하고 들고 다니는 양말과도 같습니다. 버릴까 버릴까 하지만 아까운 마음이 들어 호주머니에 넣고 다니다가 그만 놓쳐버리고 만 구절도 있습니다. 마치 양복의 어디에도 꽂을 데가 없어 옷깃에 붙였다가 나도 모르게 그만 떨어뜨리고 만 한 송이 작은 꽃처럼 말입니다. 그 구절들은 지금 어느 골목을 고아처럼 흘러 다닐까요? 다음 구절들이 그것입니다.

휘어졌다가 돌아오는 나뭇가지에 맞으면 오히려 유쾌해지는 오후가 있습니다.

나무는 제 힘으로 계절을 키우고 제 힘이 모자라면 햇빛에게 응석을 부립니다.

가랑잎이 너무 두꺼워 어린 풀들이 숨을 못 쉴까 봐 나뭇잎을 거둬내는 저녁이 내 옷자락을 물들입니다.

·

잠시 내 이름을 잊으려고 혼자 산을 오르면 멀기만 하던 구름이 손에 잡힐 듯합니다. 떠나기 위해 바람은 불고 돌아오기 위해 빗방울은 내립니다.

나비 앉았던 자리가 보고 싶어 서둘러 놀러온 저녁 별, 별빛은 아무 욕심이 없어도 저리 아름답게 반짝입니다.

오늘 내가 거두지 못한 곡식 이삭이 땅을 베고 잠드는 시간에는 나는 차마 창문을 닫지 못합니다. 그런 밤은 아이들의 일기장을 훔쳐보고 싶어집니다.

누가 낙화를 보고 꽃의 투신이라고 하겠습니까. 흙의 몸으로 돌아가는 저 꽃잎을, 하얀 접시에 차곡차곡 초록을 담아놓고 그를 기다리는 시간은 접시 물마저 초록이 됩니다.

나는 시를, 백 년 동안 제 길을 잊지 않고 찾아오는 별에게서 배웠습니다. 그런 밤은 고통에게 무슨 물색의 옷을 입힐까 거듭 생각하는 밤이 됩니다.

미농지로 구름을 만들 수 없다는 걸 알았을 때 나는 시를 쓰기 시작했습니다. 희망이 키를 낮추면 남루를 벗어 가지에 걸어놓고 식물의 푸른 생애를 접붙이며 아직도 하늘은 푸르다고 혼잣말을 타래실처럼 담장 위에 걸어놓아 보기도 했습니다.

딴은 아름다우나 제 행간을 찾지 못했던 말들이 나에게는 많이 있습니다. 어느 시에 들어가 시의 몸이 되지 못한 구절들입니다. 아직 시가 되지 못했어도 낱낱이 아름다운 말들, 그것은 사람이 사람 생각하는 마음으로 불러낸 미완의 구절들입니다.

사람이 있어 세상은 아름답다

달걀이 아직 따뜻할 동안만이라도
사람을 사랑할 수 있으면 좋겠다
우리 사는 세상엔 때로
살구꽃 같은 만남도 있고
단풍잎 같은 이별도 있다
지붕이 기다린 것만큼 너는 기다려보았느냐
사람 하나 죽으면 하늘에
별이 하나 더 뜬다고 믿는 사람들의 동네에
나는 새로 사 온 호미로 박꽃 한 포기 심겠다
사람이 있어 세상은 아름답다
내 아는 사람이여
햇볕이 데워놓은 이 세상에
하루만이라도 더 아름답게 머물다 가라

우리를 기쁘게 하는 것들에는 어떤 것이 있을까요? 아침에 일어나 커튼을 열었을 때 창을 뚫고 들어오는 새 노랫소리, 어젯밤 데리고 갔던 나무들을 다시 제자리에 갖다놓은 아침 햇빛, 그 햇살에 반짝이며 얼굴을 내미는 초록 이파리들, 대문을 밀고 나가면 울타리에 오늘 처음 피어난 샛노란 개나리꽃, 그 위에 놀러 왔다 내 발자국 소리에 놀라 화들짝 날아가는 곤줄박이와 후투티, 이제는 안심이 되는지 내가 운동화 소리를 내며 다가가도 무서워 않는 여섯 마리 참새들, 그들의 부리가 찍는 흙 속의 먹이들, 그 먹이는 우리 눈으로는 보이지 않는데도 그들은 즐겁게 지푸라기를 걷어내며 쉬지 않고 쫍니다. 곡식 한 알만으로도 배가 부를 참새의 저 작은 모이주머니.

산책길에 서면 내 겉옷을 펄럭이며 불어오는 바람, 그 바람이 내 머리카락을 만지며 강으로 건너갈 때, 강물이 조용한 물굽이를 일으키며 흘러가는 물결과 물결 건너 저편의 아득한 산, 그 산 너머에도 만나면 금세 친구가 될 이웃들이 살고 있습니다.

점심을 먹은 뒤 소형차를 타고 산모롱이를 돌아보는 마을의 풍경, 처음에는 아무것도 없을 것 같던 그 산모롱이의 마을은 구비를 돌아갈수록 진귀한 그림처럼 차례로 제 안의 경치를 숨기지 않고 보여줍니다. 그 마을은 저마다 덕석 같은 작은 텃밭을 보듬고 있습니다. 거기에 자라고 있는 상추와 시금치, 아욱과 부추들. 길 아래 지은 지 그리 오래지 않아 보이는 마을의 교회당, 그 교회의 마당 끝 종루에 매여 있는 다 낡은 종 끈, 그 종은 한 주일 내내 일요일이 오기만을 기다렸을 것입니다. 저마다 성경책을 가슴에 안은 어른들과 깨끗이 다림질한 셔츠를 입고 엄마 손을 잡고 오는 아이들을 만날 수 있으니까요.

마을과 마을 사이에는 건너뛰어도 될 만한 폭이 좁은 교량, 옛날에는 섶다리를 놓아 건넜으나 지금은 그나마 콘크리트로 기초한 다리. 그 다리에서 내려다보는 맑은 물, 물속이 제 세상이라고 등을 뒤집으며 반짝거리는 피라미 떼, 약속이나 한 듯 사립문도 닫지 않고 횅하게 열어놓은 집들, 시골 마을의 집들은 하나같이 닮아 있습니다. 장독대 옆에 무더기로 피어 있는 물봉숭아의 분홍 꽃, 한 번도 외출해 본 적 없는 감나무와 대추나무, 그 길을 돌아 두 마장쯤 걸어가면 아직 폐교가 되지 않았는지 운동장에는 세 아이가 공을 차고 있습니다. 그 교실에서는 선생님의 흰 손이 치는 풍금 소리가 담 밖으로 새어나옵니다.

풍경은 언제나 시보다 많은 이야기를 담고 있습니다. 우리가 시를 쓰는 것은 그 풍경들이 담고 있는 이야기 가운데 한 구절을 빌려 쓰는 것입니다. 다음 구절도 그렇습니다. '사람 하나 죽으면 하늘에 별이 하나 더 뜬다고 믿는 사람들의 동네에 나는 새로 사온 호미로 박꽃 한 포기 심겠다'고 한 구절. 그래서일까요? 어느 여름날, 나는 함께 시 공부하는 학생들과 부산의 해운대 달맞이 길을 걷고 있었습니다. 그러자 어느 학생이 나에게 손짓을 해서 가보았습니다. 방부목으로 예쁘게 단장한 시판에 이 시가 음각으로 새겨져 있었습니다. 그 위로 꽃을 떨어뜨린 벚나무잎이 다정하게 내려앉고 있었습니다.

제4부

우리 집으로 건너온 장미꽃처럼

슬픔이 아름답다면 나는 마음 놓고 슬프겠습니다
삶의 노래는 작게 불러야 크게 들립니다

자주 한 생각

내가 새로 닦은 땅이 되어서
집 없는 사람들의 집터가 될 수 있다면

내가 빗방울이 되어서
목 타는 밭의 살을 적시는 여울물로 흐를 수 있다면

내가 바지랑대가 되어서
지친 잠자리의 날개를 쉬게 할 수 있다면

내가 음악이 되어서
슬픈 사람의 가슴을 적시는 눈물이 될 수 있다면

아, 내가 뉘 집 창고에 과일로 쌓여서
향기로운 향기로운 술이 될 수 있다면

울산시 중구 복산동 중구청사 옆에는 이름도 없는 조그만 공원이 하나 있습니다. 복산동에는 올해 여든이 넘은 누님이 살고 있어 틈만 나면 경편차를 타고 복산동엘 갑니다. 거기 가면 나는 청사 옆의 이 공원을 가끔 혼자 걷습니다. 공원은 청소를 한 지 오래되었는지 가랑잎이며 종이쪽지들이 어지럽게 널브러져 있고 사람이 다닌 흔적은 거의 보이지 않습니다. 어느 날 아침 나는 이 벚나무 아래 산책길을 걷다가 나무 아래 조그맣게 서 있는 노래비하날 만났습니다. 노래비는 작고 초라해서 사람의 눈에 잘 뜨이지도 않고, 비碑에 새겨진 글자는 저를 읽어주는 사람이 없어 지친 모습을 한 채 추레하니 서 있었습니다. 긴 시간 비에 젖고 글자도 흐려진 노래비, 그러나 나의 눈에는 그 노래비가 귀한 보물이나 되는 것처럼 번쩍 들어왔습니다. 겉치장과 달리 거기에는 예쁜 동시가 한 수 새겨져 있었기 때문입니다. 나는 깜짝 놀라 허리를 굽혀 그 노래비에 새겨진 시를 읽었습니다.

연못가에 새로 핀 / 버들잎을 따서요 / 우표 한 장 붙여서 /

강남으로 보내면 / 작년에 간 제비가 / 푸른 편지 보고요 /
대한 봄이 그리워 / 다시 찾아옵니다

너무도 반가웠습니다. 내가 어렸을 적 가재 잡고 소 먹이면서 자주
흥얼거렸던 바로 그 동요기 때문입니다. 삼월 들판에 돋는 보리 싹
같은 동요, 나긋나긋 씹어보고 싶은 젤리 같은 동요, 이 동요를 오
늘아침 나는 소년을 지난 마흔 해 뒤에 다시 만난 것입니다.

　이 동요를 지은 사람은 서덕출이라는 동시인童詩人입니다. 기실
나는 어릴 적부터 부르던 그 동요를 지은 사람이 누구인지를 몰
랐습니다.

　서덕출 시인은 1906년에 태어나서 1940년까지 서른네 해를 이
땅에 살고 간 사람입니다. 그러니 1943년에 태어난 내가 그를 만
났을 리가 없지요. 울산에는 태화강이라는 큰 강이 있는데 지은
이는 그 강가에서 일생을 보냈다 합니다. 척추장애인이었다는
말도 있고 다리를 절었다는 말도 있는데 어느 것이 맞는지는 확
인할 수 없습니다. 어쨌거나 몸이 불편했던 사람이었던 것은 분
명합니다. 그런 몸이었기에 다른 아이들처럼 학교엘 가지 못하
고 바느질하고 물레를 자으며 길쌈하는 어머니한테서 한글을 깨
우쳤다고 합니다. 그는 1925년 〈어린이〉라는 잡지에 동시 〈봄 편
지〉를 발표하여 시인이 되었고, 그 후 〈눈꽃송이〉 등 일흔 편 가
량의 동시와 동요를 남겼다 합니다. 이 동시는 시보다 노래(동요)

로써 더 널리 알려졌고, 그러면서 여러 사람의 사랑을 받게 되었습니다. 이 시가 노래가 되어 널리 불리게 된 데에는 시인이자 작곡가인 윤극영 선생이 있었기 때문입니다. 윤극영 선생은 우리나라 최초로 〈색동회〉를 창립하고 동시와 동요 보급에 앞장섰던 사람입니다. 나는 윤극영 선생의 며느님인 이향지 시인을 알고 지냅니다. 그런 연유로 몇 년 전 이향지 시인으로부터 《윤극영 전집》 두 권을 선물로 받은 적이 있습니다. 그리고 텃밭에 감자와 고추를 심으면서 지금도 가끔 이 동요를 콧노래로 부르기도 합니다.

아름다워서 슬프다는 말이 있습니다. 파란 하늘, 붉은 저녁놀, 햇살에 반짝이는 잔잔한 물결, 메밀꽃밭 위를 하염없이 날고 있는 잠자리 떼의 풍광은 아름답기보다 눈시울이 뜨거워지는 정경입니다. 〈봄 편지〉를 속으로 외우면 애잔한 추억이 새록새록 돋아나기도 하지만 옛날 신다가 잃어버린 꽃신 한 짝을 찔레 넝쿨속에서 찾아낸 기분이 듭니다.

위의 시 〈자주 한 생각〉에서처럼 나는 '내가 바지랑대가 되어서 / 지친 잠자리의 날개를 쉬게 할 수 있다면' 바지랑대가 되고 싶습니다. '내가 음악이 되어서 / 슬픈 사람의 가슴을 적시는 눈물이 될 수 있다면' 사양하지 않고 한 소절 음악이 되고 싶습니다. 그렇게 될 수 있다면 더없이 행복하겠습니다.

하행선

삶의 노래는 작게 불러야 크게 들립니다
상춧단 씻는 물이 맑아서 새들은 놀을 물고 둥지로 돌아오고
나생이 잎이 돋아 두엄밭이 향기롭습니다

지은 죄도 씻고 씻으면 아카시아꽃처럼 희게 빛납니다
먹은 쌀과 쑥갓 잎도 제 하나 목숨일 때
열매를 먹고 뿌리를 자르는 일 죄 아니겠습니까

기차도 서지 않는 간이역 지나며
오늘도 죄 한 겹 벗어 창밖으로 던집니다

몸 하나가 땅이고 하늘인 사람들은
땀방울이 집이고 밥이지만 삶은 천장이 너무 높아
그들은 삶을 큰 소리로 말하지 않습니다

이제 기운 자리가 너무 커서 더 기울 수도 없는 삶을

쉰 살이라 이름 부르며 온돌 위에 눕힙니다

급히 지난 마을과 능선들은

기억 속에서는 불빛이고 잊히면 이슬입니다

●●●

물푸레나무, 은사시나무의 이름은 아름답습니다. 백리향, 미나리아제비, 구름송이풀의 이름은 예쁩니다. 두루미냉이, 처녀치마풀의 이름은 앙증스럽습니다. 구름할미새, 눈썹새, 각시붕어의 이름은 도감에는 없습니다. 그런 이름을 가진 새와 물고기는 이 세상에 없지만 시인의 시 속에 있습니다. 나는 자연 속에서 이름을 찾다가 이름을 찾을 수 없으면 짐짓 이름을 지어 부릅니다. 그렇게 불러보면 없는 그 사물이 실제로 있는 것처럼 눈앞에 나타납니다.

우리가 습관적으로 부르는 산과 강이 처음부터 그 산과 강이었겠습니까? 없는 이름을 누군가가 처음 불렀기에 그것의 이름이 된 것이지요. 그러므로 산과 강, 길과 마을, 교량과 언덕에 처음으로 이름을 붙인 사람들은 그가 시를 남겼건 아니건 간에 모두 시인입니다. 그의 마음이 아름다웠기에 풀과 나무에 아름다운 이름을 붙였을 것입니다. 그의 마음이 무구했기에 그토록 예쁜 이름을 붙였을 것입니다.

여러분도 꼭 한 번만, 밤 기차를 타고 서울서 남쪽으로 여행을 해보십시오. 자정이 넘은 밤 기차라면 더 좋습니다. 경부선이라도 좋고 호남선, 중앙선이라도 괜찮습니다. 그러나 나의 바람으로는 경부선이면 좋겠습니다. 추풍령을 지나야 하니까요. 창밖은 깜깜한 칠흑이고 기차의 칸과 칸 안에는 오늘 하루도 분주하게 뛰고 달렸던 사람들이 의자에 등을 대고 잠이 들었습니다. 깨어 있는 사람들은 잠든 사람들을 위해 기침 소리도 낮춥니다. 바깥은 어둠 속에 묻혀 보이질 않으나 가끔 마을길을 비추는 불빛이 망막을 스치고 지나갑니다. 잠들지 않는 차 안의 시간이 길어집니다. 사는 일이 꿈결 같다는 말이 물살처럼 밀려옵니다. 대전을 지나 옥천을 지나 추풍령을 지나면 김천과 구미, 동대구입니다.

이 시는 그런 네 시간여의 시간을 메모장에 끄적거려 두었다가 며칠 뒤에 완성한 것입니다. 지금 읽으면 그때 내가 왜 이런 말을 썼을까를 알 수가 없는 구절도 있습니다. 그러나 그런 말을 손으로 만지작거리며 보낸 네 시간의 정황은 지금도 충분히 이해할 것 같습니다. 아마도 삶의 긍휼이 주제가 된 것이겠지요. 그러기에, '삶의 노래는 작게 불러야 크게 들립니다', '지은 죄도 씻고 씻으면 아카시아꽃처럼 희게 빛납니다'라고 썼고, '기운 자리가 너무 커서 더 기울 수도 없는 삶을 / 쉰 살이라 이름 부르며 온돌 위에 눕힙니다'라고 썼습니다. 그러고도 마음이 놓이지 않아 '급히 지난 마을과 능선들은 / 기억 속에서는 불빛이고 잊히면 이슬입니다'라고 덧붙였습니다. 기운 자리가 많은 옷이라고 반드시 남루는 아니며 급히 지난 마을이라고 반드시 망각 속에 묻혀버리는 것은 아닙니다. 잠시 풀잎 끝에 매달렸다가 이내 땅으로 떨어지는 이슬방울도 시인에게는 자정을 적시는 사념으로 남습니다. 그것이 한 편의 시가 되고 에세이가 됩니다.

풀잎

초록은 초록만으로 이 세상을 적시고 싶어 한다
작은 것들은 아름다워서
비어 있는 세상 한편에 등불로 걸린다
아침보다 더 겸허해지려고 낯을 씻는 풀잎
순결에는 아직도 눈물의 체온이 배어 있다
배춧값이 폭등해도 풀들은
제 키를 낮추지 않는다
그것이 풀들의 희망이고 생애이다
들 가운데 사과가 익고 있을 때
내 사랑하는 사람은
자기만의 영혼을 이끌고
어느 불 켜진 집에 도착했을까
하늘에서 별똥별 떨어질 때
땅에서는 풀잎 하나와 초록 숨 쉬는
갓난아기 하나 태어난다
밤새 아픈 꿈꾸고도 새가 되어

날아오르지 못하는 내 이웃들
그러나 누가 저 풀잎 앞에서
짐짓 슬픈 내일을 말할 수 있는가
사람들이 따뜻한 방을 그리워할 때
풀들은 따뜻한 흙을 그리워한다

목장에서 / 물망초를 꺾으려 하니 / 발이 젖네요 // 오얏나무는 / 슬픈 모습으로 서 있네요 / 자줏빛 눈물을 머금은 채 // 암소가 있네요 / 삼빛 머리카락의 소녀가 있네요 / 고요한 나날, 어리석은 생활

소년 시절 읽은 독일 시인 이반 골의 〈골짜기〉라는 시입니다. 기이하게도 골은 작품을 쓸 때 꼭 그의 아내와 함께 썼다고 합니다. 그러면서 여러 유파의 실험시들을 발표했습니다. 나는 목장이 없는 산기슭 풀밭에서 소년 시절을 보냈기에 이 시의 '목장'을 '풀밭'으로 고쳐 읽었습니다. 오얏나무, 암소, 바구니를 든 소녀는 내가 자란 시골 풍정과 너무도 닮았습니다. 이반 골은 어떻게 살았던 시인일까요? 그는 프랑스와 독일을 오가며 살았다고 하네요. 그리고 《사랑의 시집》, 《삶과 죽음의 시》 등의 시집을 냈다고 합니다. 시를 읽다 보면 불현듯 그를 만나러 가고 싶은 충동이 일어납니다. 한 세기 전의 시인이지만 정서로는 같은 시대에 살고 있는 듯한 느낌을 받는 시인입니다.

사람들은 가장 무욕하고 깨끗한 삶을 풀잎에 비깁니다. 많은 시인들이 풀잎을 노래한 시를 남겼습니다. 왜 그럴까요? 풀잎은 남을 시기하거나 제 욕심을 부리지 않습니다. 해가 오면 얼굴을 들고 해가 지면 눈을 감습니다. 자연에 순응하면서도 뿌리가 길어주는 물을 받아 줄기와 꽃과 열매에까지 길어 올립니다. 소와 말들에겐 풀은 먹이가 되고 꿩이나 뜸부기에게는 알 낳는 방이 되고 집이 되어줍니다. 산과 들을 뒤덮던 여름풀들도 겨울이면 제 키를 내리고 흙 위에 눕습니다. 자연에 동화되고 자연에 순응하면서 사는 것이 풀만 한 것 또 있습니까. 그런 점에서 풀의 한 해는 순결과 정화淨化에 비유됩니다. 풀은 이 세상에 놀러 온 가장 아름다운 어린아이입니다. 초록은 초록만으로 이 세상을 적시고 싶어 합니다. 색상 가운데 가장 편안한 색은 초록입니다.

초록은 초록만으로 이 세상을 적시다가 밤이 오면 비어 있는 세상 한편에 등불로 걸립니다. 그들은 현란한 빛으로 세상을 밝히려 하지 않습니다. 어둠이 오면 어둠을 덮고 고요히 잠듭니다. 그러나 아침이 오면 겸허하게 낯을 씻습니다. 이슬방울이 풀잎 끝에 맺혀 잠시 빛나는 것도 그 때문입니다. 그것이 순결 아니겠습니까. 그러기에 '순결에는 눈물의 체온이 배어 있'습니다.

" 초록은 초록만으로 이 세상을
적시고 싶어 합니다.

색상 가운데 가장 편안한 색은
초록입니다. "

작은 이름 하나라도

이 세상 작은 이름 하나라도
마음 끝에 닿으면 등불이 된다
아플 만큼 아파본 사람만이
망각과 폐허도 가꿀 줄 안다

내 한때 너무 멀어서 못 만난 허무
너무 낯설어 가까이 못 간 이념도
이제는 푸성귀 잎에 내리는 이슬처럼
불빛에 씻어 손바닥에 얹는다

세상은 적이 아니라고,
고통도 쓰다듬으면 보석이 된다고
나는 얼마나 오래 악보 없는 노래로
불러왔던가

이 세상 가장 여린 것, 가장 작은 것

이름만 불러도 눈물겨운 것

그들이 내 친구라고
나는 얼마나 오래 여린말로 노래했던가
내 걸어갈 동안은 세상은 나의 벗
내 수첩에 기록되어 있는 모음이 아름다운
사람의 이름들
그들 위해 나는 오늘도 한 술 밥, 한 쌍 수저
식탁 위에 올린다

잊히면 안식이 되고
마음 끝에 닿으면 등불이 되는
이 세상 작은 이름 하나를 위해
내 쌀 씻어 놀 같은 저녁밥 지으며

＊＊＊

겨울이 되면 모든 살아 있는 것들이 자그마해집니다. 산의 키가 작아지고 강물의 길이가 짧아집니다. 눈이라도 오면 백 리 안팎의 마을들이 모두 한 마을이 됩니다. 그런 겨울날에는 누구나 한번씩 어린아이가 되어 눈을 맞으며 들길을 걷거나 냇가에 나가 썰매라도 타고 싶어집니다. 불현듯 여행 가방을 들고 기차역으로 가고 싶어집니다. 갈 데가 마땅치 않습니까. 그러면 내가 예쁜 곳을 소개해 드릴게요. 거기를 한번 가보세요.

경상북도 봉화군 소천면 분천리입니다. 핀란드의 로바니에미 마을을 가는 마음으로 떠나면 더욱 좋습니다. 세상의 소년, 소녀들이 크리스마스이브가 되면 꿈꾸며 그리는 곳, 산타 빌리지로 간다고 생각하고 떠나면 더더욱 좋습니다. 그러면 당신은 이제부터 여행 가방을 찾아 묵은 먼지를 털고 안 입던 내복이라도 한 벌 꺼내 가방 안에 넣어야 합니다. 겨울이면 그곳은 매일같이 눈이 오고 산을 씻는 도랑물은 은종이 같은 얼음으로 변해 있습니다. 가는 길을 안내해 달라고요? 중앙고속도로를 탄다면 풍기 인터체인지에서 봉화읍을 돌아 소천면 오목구비마을에 이르거나,

서울서 출발하면 충주, 제천을 거쳐 단양과 풍기를 돌아 곧 봉화에 닿을 것입니다. 산협 속에 앉은 분갑粉匣 같은 이름, 분천. 거기는 아무리 보아도 한국의 시골 마을이 아닌, 핀란드 로바니에미 마을입니다.

첩첩산중에 이렇듯 아리따운 마을이 있음에 누구든 한 번은 놀랍니다. 오래 차를 탔으니 이제는 먹거리 장터에 가서 시장기를 면하고 곧 철암으로 가는 순환열차를 타야 합니다. 낙동강으로 흘러간다는 작은 여울물과 물가에 선 기암괴석을 보며 당신은 두어 시간 세상일을 다 잊고 골을 씻는 물소리와 왁자한 웃음소리에 마음을 몽땅 빼앗길 것입니다. 당신, 혹 예순 먹은 소년, 소녀가 되거나 일흔 먹은 아이가 되고 싶거든 분천 산타마을을 가보세요. 작아서 아름다운 산속 마을이 겨울에도 진달래빛 치장을 하고 있습니다. 그곳의 주소를 차라리, 'Santaclaus' main office 96930, Vapapllri Finland'라고 쓰면 어떨까요? 2020년 겨울, 한국의 어느 소년이 산타클로스 할아버지에게 이 주소로, '할아버지 부디 코로나에 걸리지 말고 잘 계세요'라는 편지를 보냈다는군요. '이 세상 작은 이름 하나라도 / 마음 끝에 닿으면 등불이 되는' 곳이 우리와 그리 멀지 않은 곳에 있습니다. 봉화 분천입니다. 거기 가면 아직 한 번도 못 만난 사람, 하루 종일 실컷 만날 수 있습니다. 노래처럼 가볍게 떠나보세요.

유리, 마을
— 석리石里라는 곳

세상에서 가장 아름다운 곳, 석리라는 곳

그곳엔 여름이면 장다리꽃 피고

겨울엔 마른 수숫대 위에 싸락눈 온다

세상 사람들 아무도 그곳을 몰라도

나와 가재와 다람쥐는 그곳을 안다

꽃 진 그루터기마다 볕살이 한시름 놀다 가고

아무도 바라보지 않는데

메밀꽃 제 신명에 하얗게 핀다

말벌들은 제 먹을 양식보다 훨씬 많은 꿀을 모으느라

한낮이 분주하고

밤이면 아직 이름 불리지 않은 별들이

산마루에 돋는 곳

세상 사람들 아무도 그곳을 몰라도

나와 말똥구리와 굴뚝새는 그곳을 안다

우리가 마음을 주면 이내 마음속으로 들어오는 아름다운 풍경들이 우리 주위에는 많이 있습니다. 냇물을 건너면서 내려다본 조약돌, 물살 속을 헤엄치는 은빛 물고기, 꽃나무에 맺히는 올해의 첫 꽃봉오리, 어미 닭을 쫓아가다 미끄러져 그만 나동그라지는 노오란 병아리, 저 강을 건너 꽃나무까지 무사히 갈 수 있을까 조마조마 날아가는 노랑나비, 아직 하늘을 날기에는 날개가 너무 여린 어린 새, 한 번쯤 반짝이다가 이내 땅으로 떨어져 내릴 아침이슬. 왜 우리는 크고 장엄한 아름다움보다 작고 가늘고 여리고 애처로운 것에 더 마음이 가는 걸까요?

시는 장엄함보다는 소담함, 웅대함보다는 미려한 것에 더 많은 애착을 가지는 예술 장르인 듯합니다. 시에는 베토벤의 〈환희〉나 〈합창〉 같은 교향곡의 웅대함은 없습니다. 설령 서사시와 같은 길고 장엄한 스토리를 가진 시가 있다손 치더라도 우리의 가장 낮고 여린 감수성을 울리는 시는 섬세하고 유려한 서정시입니다.

우리가 어른이 되어서 되돌아보는 고향도 그런 마음입니다.

자갈길이 포장되고 가리마길이 고속도로로 확장되고 고공으로 치솟은 건축물이 군데군데 들어서고 길목마다 눈부신 상가가 들어선 고향보다는 아직도 말매미가 종일을 울고 쇠똥구리가 쇠똥을 굴리며 땅굴 속으로 기어가고 호박꽃 장다리꽃에는 말벌들이 잉잉거리고 도랑물에는 가재가 거꾸로 헤엄쳐 가는 조용한 고향, 가을이면 수숫대 위에 고추잠자리가 대궁을 흔들고 밤이면 메밀꽃 하얗게 피는 그런 아늑한 곳을 사랑합니다. 산자락을 밟으며 저녁이 산그늘을 내려놓는 곳, 밤이면 은하수가 하늘에 긴 냇물을 펴는 곳, 그런 곳이 아직도 어느 곳엔가는 조용히 숨을 쉬고 있다는 것만 생각해도 마음이 따뜻해지지 않습니까.

평론가 김주연은 어느 글에서, '이 시는 어디에도 있지만 아무데도 없는 공간, 찾아가려면 정작 찾아갈 수 없는 시인의 이상향'이라 썼더군요. '말벌들은 제 먹을 양식보다 훨씬 많은 꿀을 모으느라 / 한낮이 분주하고 / 밤이면 아직 이름 불리지 않은 별들이 / 산마루에 도는 곳'이기 때문입니다. 그곳은 아무도 기억하지 못하는 장소지만 내 마음속엔 지금껏 컬러사진으로 남아 있는 정경입니다. 그 사진은 아마도 백 년은 제 빛으로 견딜 것입니다.

목백일홍 옛집

연필을 놔두고 나온 것 같다

빨랫줄에 걸린 수건에는 지나가던 소식들이 자주 걸렸다

늘 정직하기만 한 과꽃과의 이별

내가 떠나는데도 눈빛이 맑던 쟁반

피부가 하얀 접시

깨어져서도 음악이 되던 보시기

마음을 접고 펴던 살 부러진 우산

화요일과 목요일의 날개에 아무 차이가 없는 나비

자고 나면 새 아이들을 데리고 나오는 나무

나쁜 이파리라고는 하나도 없는 집을

나는 신던 신발을 신고 너무 멀리 걸어나왔다

나 없어 혼자 놀다가는 사금파리에 담긴 정오

목백일홍은 전화를 못 받아서

안부를 물을 수도 없는 지금

나는 소년 시절에 하모니카를 몹시 갖고 싶었습니다. 내 고향은 신발을 벗지 않으면 건널 수 없는 내를 건너야 만날 수 있는 조그만 산속 마을이었지요. 초등학교 시절, 내 하루의 일과는 학교가 파하고 나면 집으로 돌아와 꼴망태를 메고 마구간에 매여 있는 암소를 몰고 산으로 가는 일이었습니다. 학교에 들어간 이듬해 6.25전쟁이 터졌습니다. 플라타너스나무 한 그루가 운동장을 덮는 시골 초등학교는 전쟁이 터지자 곧 문을 닫았습니다. 소이탄이 터지고 B29가 날고 한길에는 코쟁이 병사들이 국방색 군복에 카빈총을 메고 트럭에 올라 신작로를 질주했습니다.

9월이 오자 학교가 다시 문을 열었지만 1학기에 보이던 친구들이 반이나 사라지고 없었습니다. 그래도 남아 있는 친구들 열다섯 명이 칠판 아래 모였습니다.

미국의 원조가 시작되었고 우유와 강냉이 가루가 학교로 배달되었습니다. 구호물품 가운데는 학용품과 장난감, 지우개, 연필, 필통, 공책, 인형, 줄자, 크레용, 손칼, 심지어는 구두와 양말, 하모니카도 있었습니다. 선생님은 6학년부터 1학년까지 차례로 줄을 세워 구호물품을 나누어주었습니다. 전교생이라야 백 명 남짓이었으므로 구호물품은 누구든 하나씩은 받아갈 수 있었습니다. 줄의 맨 끝에 서 있는 나는 앞에 선 형들이 받아가는 물품이 무엇인지 하나하나 눈여겨보았습니다. 내가 그렇게 눈독을 들인 것은 오로지 하모니카 때문이었습니다.

차츰 줄은 줄어들어 우리 학년의 차례가 되었습니다. 크레용, 줄자, 공책과 연필 들이 형들의 손으로 넘어가고 그때까지 하모니카는 그 자리에 남아 있었습니다. 혹시 저 하모니카를 다른 아이가 가져가면 어쩌나, 그러면 그걸 빌려서나 불어볼 수 있을까? 그런 생각을 하는 동안 줄은 더 줄어서 바로 내 앞의 아이 차례가 되었습니다. 하모니카는 그때까지도 그 자리에 동그마니 남아 있었습니다. 그런데 내가 하모니카를 바라보는 순간, 선생님은 그것을 내 앞의 아이에게 건네주었습니다. 그 순간, 나는 너무도 서운해서 그 자리에 털썩 주저앉을 뻔했습니다.

나는 그날 오후부터 소를 몰고 산으로 가면 하모니카 대신 풀잎을 따서 풀피리를 불기 시작했습니다. 아카시아잎, 쇠뜨기잎, 버들잎을 따서 풀피리를 불었습니다. 내가 부는 풀피리 소리는 어쩌면 하모니카를 놓쳐버린 슬픔의 소리였는지도 모릅니다. 경남 거창군 가조면 석강리, 그 언덕에 가면 아직도 내가 불던 풀피리 소리가 곡조 없는 메아리로 남아 기슭을 떠돌고 있을지도 모릅니다. 그때의 목백일홍은 올해로 백열두 살, 지금도 여름이면 수백 개의 꽃을 매달고 피어 있습니다. 지금 생각하면 그때가 한없이 그립지만 안타깝게도 전화를 못 받는 목백일홍에게는 안부를 물을 수가 없습니다.

얼음

얼마나 기다렸으면 가랑잎마저 껴안았겠느냐
얼마나 그리웠으면 돌멩이마저 껴안았겠느냐
껴안아 뼈를, 껴안아 유리를 만들었겠느냐

더는 헤어지지 말자고 고드름의 새 못을 쳤겠느냐

내 사랑도 저와 같아서
너 하나를 껴안아 내 안에 얼음을 만들고야 말겠다
그리하여 삼월이 올 때까지는
한 번 낀 깍지 절대로 풀지 않겠다

아무도 못 말리는 지독한 사랑 한 번
얼어서 얼어서 해보고야 말겠다

경비실에 맡겨두었다는 택배 기사님의 문자에, 아, 왔구나, 드디어, 서둘러 포장을 벗기는데 왜 내 손이 그리도 떨리던지. 손안에 감겨드는 시집을 펼치는데 나는 모른다, 왜 눈물부터 흘려야 했는지. 누구의 해설일까? 습관처럼 책의 뒷장부터 펼치다가 맨 먼저 들어온 시 한 편, 이 시가, 이 시의 구절이 나를 울렸는지도 모른다.

인터넷 사이트 '나의 노래'라는 방의 주인이 올린 글입니다. 아마 그는 나의 시집《잎, 잎, 잎》을 그의 습관대로 뒷장부터 읽었던 것 같습니다. 이 시집은〈봄의 시〉와〈가을의 시〉2부로 나누어져 있는데 그는 뒷장〈가을의 시〉부터 읽었나 봅니다. 이 시를 읽고 눈물부터 흘렸다면 아마도 이 시의 슬픔보다 현재 그의 삶이 그를 울게 한 것이 아닌가 싶습니다.

벌들이 꿀을 모으는 것은 즐거움일까요 아니면 노동일까요? 저는 그것을 벌의 즐거움이라고 생각합니다. 그러기에 벌들은 제 먹을 양식보다 더 많은 꿀을 모으는 것이지요. 벌 가운데서도 가장 욕심 많은 벌이 호박벌입니다. 그런 호박벌이 가장 좋아하는 꽃은 말채나무꽃이랍니다. 왜 하필 말채나무꽃이라는 이름이 붙었을까요? 그건 가지가 가늘고 길어 말채찍으로 사용되었다 하여 붙여진 이름이랍니다. 사진을 보니 둥치는 교목인데 가지마다 국수같이 흐드러진 흰 꽃을 다는 꽃, 마치 이팝꽃처럼 보이는 꽃입니다. 호박벌은 꽃술 속에 들어가 꿀을 빨다가 때론 통꽃의 깊이에서 빠져나오지 못하고 그 속에서 죽는 경우도 있답니다. 시도 사랑도 그런 것 아닐까요. 삶의 힘이 사랑에서 나오기도 하지만 죽음의 선택도 사랑 때문에 할 때가 있지 않습니까. 그러나 내가 시를 쓰는 이유는 누구의 삶이든 어둡고 힘든 삶에 숨을 불어넣어 주고 싶은 마음 때문입니다. 자살을 생각하는 사람도 우연히 눈에 들어온 시 한 줄을 읽고 마음을 바꿔 삶을 되찾는다면 그보다 더 큰 시의 보람이 또 있겠습니까.

그러나 그런 길을 찾고 그런 마음을 건네줄 언어를 찾는 길은 그리 쉽지는 않습니다. 시라는 게 그래서 늘 근심입니다. 풀잎처럼 천연할 수만도 구름처럼 태연할 수만도 없는 것이 시의 길입니다. 나는 이래저래 한 쉰 해를 시와 함께 살아왔습니다. 그 쉰 해, 그 그늘에 놀던 나무가 고목이 되고 그 꼭대기에 올라가 미끄럼을 타던 바위도 삭아 부스러졌습니다. 그러나 시를 향한 마음은 아직도 청년입니다. 그리 생각하면 마음이 편해지고 잠결 같은 언어가 달무리처럼 뇌리에 깃듭니다. 소란스런 음악이 고요로 돌아가듯 이젠 조용히 연필을 쥐고 떠오른 생각을 종이에 옮깁니다. 모든 밝음은 어둠 속에서 태어나고 모든 따뜻함은 얼음 속에서 태어납니다. 겨울이 와도 아직 거두어 가지 못한 이삭들이 땅을 베고 잠듭니다. 그 잠 속에서 말이 잉태되고 시가 자라고 꽃이 피어납니다. 당신과 내가 그 길을 함께 간다고 생각하면 행복해집니다.

“

내 사랑도 저와 같아서
너 하나를 껴안아 내 안에
얼음을 만들고야 말겠다

그리하여 삼월이 올 때까지는
한 번 긴 깍지 절대로 풀지 않겠다 **”**

스무 번째의 별 이름

아름다운 사람을 만나고 온 날은

내 입던 옷이 깨끗해진다

멀리서 부쳐온 봉투 안의 소식이

나팔꽃 꽃씨처럼 우편함에 떨어진다

그 소리에 계절이 활짝 넓어진다

인간이 아닌 곳에도 위대한 것이 많이 있다

사소한 삶들이 위대하지 않다고

말할 권리가 나에겐 없다

누구나 제 삶을 묶으면 몇 다발 채솟단으로 요약된다

초록 아니면 보라로 색칠되는 생이 거기 있다

풀꽃의 한 벌 옷에 비기면

내 다섯 벌의 옷은 너무 많다

한 광주리 과일에 한 해를 담아놓고

아름다운 사람은 햇볕을 당겨와

마음을 다림질한다

파란 이파리 하나를 못 버려

옷깃에 꽂아보는 사람

아름다운 사람은 오늘 밤

스무 번째의 별 이름을 짓는다

●●●

.

나비는 꽃을 닮고 꽃은 나비를 닮습니다. 아름다움을 알아보는 사람은 아름다움에 가장 가까이 다가간 사람입니다. 사소한 것에 의미를 부여하는 사람은 결코 사소하지 않은 사람입니다. 풀꽃은 일생 한 색깔의 옷을 입지만 우리는 일생 열 벌, 스무 벌의 다른 옷을 갈아입습니다. 옷을 갈아입으며 풀꽃의 물색을 생각하는 사람은 풀꽃의 마음을 가진 사람입니다. 햇빛에 마음을 펴 너는 사람은 제 삶의 구김을 다림질하는 사람입니다. 아름다운 사람은 스무 번째의 별 이름을 짓습니다. 별 이름이 없어서가 아니라 스스로가 별이 되고 싶어서 제 맘대로 별 이름을 지어보는 사람입니다. 그 사람의 마음은 별빛을 따라 올라가 마침내 별 마을에 닿습니다. 우리는 우리가 경배하는 것을 닮습니다. 오늘은 무엇을 경배할까요?

시인 반칠환이 〈시로 여는 수요일〉에서 쓴 글에 내가 조금 보탰습니다. 말들이 꽃씨처럼 소복소복합니다. 잘못 손대면 까아만 씨앗들이 좌르르 쏟아질 것 같습니다.

나는 소년 시절부터, 장차 커서 어른이 되면 다른 것은 다 그만

두고라도 꼭 이것 하나는 하고 싶었습니다. 그것은 내가 앉고 서고 눕고 뒹굴며 누구한테도 방해받지 않고 내 맘대로 공상의 날개를 펼 수 있는 조그만 오두막집 한 채를 갖는 일이었습니다. 만약 그런 집을 갖게 된다면 반드시 책 두 권 크기의 창은 잊지 않고 달아야겠다는 생각도 했습니다. 그 창을 통해 나는 한겨울 저녁, 어두워가는 겨울 풍경과 일찍 뜬 북두칠성과 소식도 없이 내리는 눈발이 갑자기 목화송이가 되어 마당을 하얗게 덮는 풍경을 바라보고 싶었습니다. 아직도 떨어지지 않고 가지에 붙어 있는 빨간 찔레 열매가 흰 눈에 덮이지 않으려고 머리를 살래살래 흔드는 광경을 보고 싶었습니다. 놀러 갔다 돌아온 털북숭이 강아지 귀에 눈이 소복소복 쌓이는 광경을 보고 싶었습니다. 눈을 좋아하는 녀석도 귀에 눈이 쌓인 것은 싫은지 머리를 흔들어 눈을 터는 모습이 보고 싶었습니다. 그때는 참 가난했다고 말한들 당신이 그 가난의 마음을 짐작이나 하겠습니까?

그런데 그런 꿈은 내가 마지막 직장에서 퇴임하기 아홉 해 전쯤에야 실현되었습니다. 그래서 청도군 각북면 덕촌리에 작은 서사(책방) 하날 지었습니다. 옛날의 꿈처럼 그 집에 책보단 크고 담요보단 좀 작은 창 네 개를 달았습니다. 이 창가에 앉아 나는 세상 사는 일과는 아무런 상관도 없는 생각의 구름장들을 공중으로 날려 보내면서 햇살에 반짝이는 공상의 파편들을 손바닥에 얹어보는 일을 지금도 되풀이하고 있습니다.

이른 봄, 삼월이면 담장 위에 노오란 개나리가 피고 여름이면 샛바람 따라온 소낙비가 한껏 넓어진 오동잎을 건반처럼 두드리고, 시월이면 느티나무가 제 일 년 치의 이파리를 다 벗어던지고 홀몸으로 서 있는 것을 바라보는 일에 이젠 이력이 났습니다. 겨울에는 내 눈이 더 바빠진다고 말하면 당신은 혹시 왜? 라고 묻겠습니까? 얼기 전에 뽑아 들여야 하는 무, 배추는 고사하고, 겉품으로는 추위와 싸울 단단한 채비를 하는 갓나물, 가을 상추, 쪽파와 부추 들도 그냥은 내버려 둘 수가 없기 때문입니다. 느티나무와 상수리나무가 맘껏 쏟아놓은 이파리들이야 발에 밟히는 소리가 음악이니 그대로 두겠습니다. 그러나 어제 보이던 다람쥐와 청설모의 재롱과 까막까치들의 바쁜 날갯짓은 오래 지워지지 않게 망막에 심어두어야 하겠습니다. 그리고 오늘 밤은 우리 집 지붕 위에까지 놀러온 스무 번째의 별 이름을 새로 지어야겠습니다. 큰곰자리, 사자자리, 거문고자리, 백조자리가 아닌 새 이름으로 말입니다.

아름답게 사는 길

그 작은 향내를 맡고

무밭까지 날아온 가난한 나비처럼

보리밭 뒤에 피어난 철 이른 패랭이꽃처럼

여름밤 화톳불 가에서 듣던 별 형제 이야기처럼

개나리꽃에도 눈부셔

마을 앞길을 쫓아가는 병아리처럼

●●●

2009년 여름, 나는 한국시문화회관이 마련한 '청소년문학 캠프'에 초청을 받아 참석했습니다. 참가자는 대부분 젊은 대학생들이었습니다. 하루의 시간표는 문학 강의와 습작 훈련과 체력 단련 시간으로 매우 조밀하게 짜여서 거의 쉬는 시간 없이 진행되는 일정이었습니다. 낮의 일정이 끝나고 나면 저녁 식사를 하고 이어서 초청 연사들이 행하는 밤 강의가 계속되었습니다.

　그날 밤 나는 '시는 연애하듯이 쓰라'는 말을 주제 삼아 강의를 했습니다. 그리고 강의를 마치면서 '언젠가 동화를 한 편 쓰고 싶다'고 말했던 것 같습니다. 그래서일까요? 나는 그 뒤에 〈의자와 강아지〉라는 동화를 한 편 썼습니다.

　　하얀 의자가 있어요. 의자는 한번 이 방에 들어온 뒤엔 외출을 한 적이 없어요. 그래서 바깥세상이 보고 싶었어요. 그런데도 의자에게 아무도 바깥세상을 구경시켜 주러 데리고 나가는 사람이 없었어요. 생각다 못한 의자는 꾀를 내었어요. 아, 저 강아지한테 부탁하면 되겠구나. 그래서 의자는 강아지한테 말했어요.

"강아지야, 강아지야, 너는 참 좋겠다." 강아지가 물었어요. "왜?" "너는 꼬리만 잘 흔들면 주인이 밥도 주고 머리에 리본도 달아주고 가게에 갈 때 너를 데리고 가기도 하지 않니, 심지어 캠핑 갈 때도 너를 데려가잖니, 그래서 너는 바깥 세상을 다 볼 수 있잖니?"

강아지가 대답했어요. "아냐, 나보다 네가 더 좋아." 의자가 다시 물었어요. "왜, 내가 너보다 더 좋으니?" "너는 일도 안 하고 가만히 앉아서 따스한 엉덩이만 받쳐주면 되지 않니, 너는 며칠을 굶어도 배고픈 줄 모르지 않니, 그러니까 네가 나보다 더 좋지 뭐니."

가만히 듣고 있던 의자가 그래도 바깥 구경을 하고 싶은 생각을 버릴 수 없어 이번에는 또 다른 꾀를 내었어요.

"에라, 안 되겠다. 내가 가진 네 개의 다리 가운데 하나를 부러뜨리는 수밖에 없다. 그러면 다리를 고쳐주러 주인이 나를 바깥으로 데리고 갈 거야." 의자는 제 머리가 좋은 것에 잠시 감탄했어요.

그런데 의자는 손이 없어 제 다리를 부러뜨릴 수가 없었어요. 어떻게 하면 내 네 다리 가운데 하나를 부러뜨릴 수 있을까? 아무리 궁리해도 좋은 생각이 떠오르질 않았어요. 그래서 생각했어요.

"옳아, 강아지가 내 위에 올라앉으면 그때 내가 몸을 흔들어 강아지를 바닥으로 떨어뜨려야지. 그리고 강아지 위로 기우뚱 쓰러지는 거야. 그러면 강아지가 꺄웅, 하며 내 다리 하날 물어뜯겠지."

의자는 정말 그렇게 했어요. 강아지가 올라앉았을 때 의자는 몸을 세게 흔들었어요. 그러다가 뚝 하고 다리 하나가 몸에서 빠져나갔어요. 강아지는 혼비백산이 되어 깡충깡충 뛰어 문밖으로 달아났어요. 아무리 불러도 강아지는 의자 곁으로 다시 돌아오지 않았어요. 이젠 강아지도 없어 어디에 말을 걸 동무도 없어졌어요. 그래서 의자는 혼자서 다리를 절룩이며 몸을 벽에 기대고 앉아 있을 수밖엔 없었어요.

저녁이 되어 주인이 돌아왔어요. 깜짝 놀란 주인은, "어, 의자가 부서졌네. 누가 의자를 부쉈지?" 하고 말했어요. 그러나 아무도 대답하는 사람이 없었어요. 그러자 주인은 의자의 위, 아래, 왼쪽과 오른쪽을 샅샅이 훑어보고는,

"아, 이 의자는 산 지가 10년이 넘었지. 고장이 날 만도 해. 그러지 않아도 새로 만든 예쁜 의자를 하나 봐두었는데 이제 이것은 버려야지."

주인은 강아지를 불러 앞세우고 의자를 손에 들고 밖으로 나갔어요. 그때 의자는 후회했어요.

"나는 방 안에 있도록 만들어졌는데 공연히 바깥세상에

욕심을 부린 거구나. 이젠 다리도 부러졌으니 용서를 빌 수
도 없어진 거로구나.”

　의자는 눈물을 흘렸지만 주인은 의자를 목재 창고에 집어
던져 넣고는 아무 말도 없이 돌아서 버렸어요. 의자에게는
캄캄하고 축축하고 냄새나는 밤이 온몸을 휘감고 있었어
요. 울어도 소용없었어요.

위의 시 〈아름답게 사는 길〉은 나의 소년 시절의 전부입니다. 짧
지만 펼쳐놓으면 장편동화 한 편이 될 이야기가 이렇게 압축되
었습니다. 시인 오세영은 〈시가 있는 아침〉에서, ‘아름다울 것 없
는 배경에서 아름다움을 만들어 낸 시인의 유년시절이 고향을
잃고 사는 사람들의 가슴을 노크한다’고 썼더군요. 오래된 글이
라 문장은 조금 달라졌습니다만, 그때의 글은 그런 정황을 전했
던 것으로 기억합니다. 개나리꽃은 그 꽃잎 모양대로 ‘병아리꽃’
이라 불러야 어울리는 이름입니다.

삶이 그렇게는 무섭지 않다는 것을

열매를 맺어본 나무들은*

겨울을 넘겨본 나무들은

알락할미새를 앉혀본 나무들은

너구리를 숨겨줘 본 나무들은

소낙비를 맞아본 나무들은

흰 눈을 맞아본 나무들은

봄을 기다려본 나무들은

부러진 가지를 떼어

새 가지를 돋우어 본 나무들은

바람 불 때 휘파람을 불어본 나무들은

안다

견딤이 그렇게는 어렵지 않다는 것을

삶이 그렇게는 무섭지 않다는 것을

* 올라브 하우게, 〈어린 나무의 눈을 털어주다〉 중에서

한 양봉업자가 있었습니다. 그는 꿀벌을 쳐서 꽤나 짭짤한 수입을 올리고 있는 사람이었는데 돈 버는 재미를 붙인 뒤 더 욕심이 나서 벌통을 배에 싣고 겨울이 없는 나라로 갔다고 합니다. 한국에서는 봄여름가을이면 벌이 일을 해서 꿀을 따오지만 겨울에는 일을 하지 않기 때문이지요. 그가 간 나라는 아마도 적도 부근 상하常夏의 나라였나 봅니다. 주인과 함께 이민 온 벌들이 처음 한 해는 한국에서나 다름없이 부지런히 일해서 많은 꿀을 따왔기에 그는 만족했습니다. 그런데 이듬해부터는 벌이 일을 하지 않았습니다. 겨울이 없는 나라, 일 년 내내 꽃이 피는 나라에서 벌들은 부지런히 꿀을 딸 필요가 없게 된 것이지요. 그는 꽃이 많은 상하의 나라에서의 양봉에 실패하고 다시 한국으로 돌아왔다고 합니다.

이 이야기는 단순히 양봉업자의 이야기만으로 들을 것은 아닙니다. 일하는 노동자, 직장에 근무하는 회사원, 공부하는 대학생, 어디 그뿐이겠습니까. 시를 쓰는 시인, 글을 쓰는 작가, 아니면 작가 지망생. 요즘 들으니까 젊은이들의 유행어가 '헬조선'이라고 하더군요. 헬hell은 지옥이라는 뜻 아닙니까. 한국이 지옥이라는 비하의 폭언 아닙니까. 우리가 살고 가꾸어야 하는 우리 시대와 나라가 '지옥'으로 비쳐서야 되겠습니까.

우리가 살아가는 일에서 힘들지 않은 일은 아무 것도 없습니다. 무어라도 하나를 이루려면 공을 들여야 한다는 것을 모르는 사람은 없습니다. 시를 쓰는 사람도 마찬가지입니다. 시 몇 편 쓰는 데 일생을 바치는 시인들이 귀한 이유도 거기 있습니다.

나는 시 쓰는 일이 좋습니다. 지하 수십 킬로미터의 어둠 속에서 지친 광부가 외로움의 시간을 이기고 마침내 한 줄의 광맥을 찾았을 때의 기쁨, 그것이 시를 쓰고 좋은 언어를 만나는 기쁨 아니겠습니까. 그 일은 저절로 되는 일도 아니고 마음만 먹는다고 되는 일도 아닙니다. 언제나 준비하고 언제나 기다리고 언제나 갈고 다듬는 마음 없이는 불가능한 일입니다. 갑자기 나에게 행운을 가져다줄 사람이 있겠습니까? 만약 그런 행운이 있다손 치더라도 그것은 오히려 불운을 초래할 수 있는 행운입니다.

노르웨이 시인 울라브 하우게는 우리나라 독자들이 좋아하는 시인입니다. 하우게는 평생 정원사 일을 하면서 시를 썼습니다. 그랬기에 시 속에는 북국에서만 볼 수 있는 아름답고 정결한 풍경이 가득합니다. 그는 〈비 오는 날 늙은 참나무 아래 멈춰 서다〉

라는 시에서 '공기에서 세월의 냄새가 난다'고 썼습니다. 공기에서 세월의 냄새를 맡을 수 있는 사람이라면 자연과 친구가 된 사람 아니겠습니까. 눈 오는 날 어린 나무의 가지에 소복이 쌓인 눈을 털어주는 마음, 그 아름답고 숭고한 정신만 있다면 삶이 무에 그리 두렵겠습니까. 이 시는 그런 마음으로 쓴 시입니다.

제5부

햇빛 한 쟁반의 행복

열 줄 시가 아니면 무슨 말로
손수건만 한 생애가 소중함을 노래하리

이향離鄕

제대를 하고 대학을 졸업하면

나는 개나리꽃이 한 닷새 마을의 봄을 앞당기는

산란초 뿌리 풀리는 조그만 시골에서

시나 쓰는 가난한 서생이 되어 살려고 생각했다.

고급장교가 되어 있는 국민학교 동창과

개인회사 중역이 되어 있는 어릴 적 친구들이 모두 마을을
떠날 때

나는 다시 이 마을로 돌아와 탱자나무 울타리를 손질하는

초부樵夫가 되어 살려고 생각했다.

눈 속에서 지난 해 지워진 쓴냉이 잎새가 새로 돋고

물레방앗간 뒤쪽에 비비새가 와서 울면

간호원을 하러 독일로 떠난 여자 친구의 항공엽서나 기다리며

느린 하학종을 울리는 낙엽송 교정에서

잠처럼 조용한 풍금 소리를 듣는 2급 정교사가 되어 살려고
생각했다.

용서할 줄 모르는 시간은 물처럼 흘러갔고

놀 속에 묻히는 봄보리들의 침묵이 무섭게 나를 위협했을 때
관습의 신발 속에 맨발을 꽂으며 나는
눈에 익은 수많은 돌멩이들의 정분을 거역하기 시작했다
염소들 불러 모으는 비음의 말들과
부피가 작은 몇 권의 국정교과서를 거역했다
뒷산에 홀로 누운 할아버지의 산소를 한 번만 바라보았고
그리고는 뛰는 버스에 올라 도시 속의 먼지가 되었다.
봄이 오면 아직도 그 골의 물소리와 아이들의 자치기 소리가
도시의 옆구리에 잠든 나의 꿈속에
배달되지 않는 엽신으로 녹아 문지방을 울리며 흐르고 있다.

••••

시골 중학교는 남녀공학이었습니다. 담장도 없는 교사 뒤에는 과수원이 있었습니다. 축구도 배구도 잘하지 못하는 나는 학교가 파하고 나면 공놀이에 빠진 친구들을 뒤로 하고 혼자서 과수원 길을 배회하다가 저녁녘이면 오 리가 넘는 길을 걸어 집으로 돌아오곤 했습니다. 꽤나 넓은 그 과수원집에는 나보다 두 학년 아래인 여학생이 살았습니다. 나는 과수원 길을 돌면서 그 집의 마당에 핀 수국이며 담장 안의 닭장이며 우물가에서 햇빛을 받아 반짝이는 장독대를 바라보면서 혹시라도 그 여학생이 문득 문을 밀고 나오지나 않을까 조마조마 기다리기도 했습니다. 여름이 가고 가을이 오고 코스모스가 흐드러지게 피어 길을 덮는 어느 날 나는 그 길을 걷다가 우연처럼 떨어져 있는 작고 하얀 편지 봉투를 발견했습니다. 누가 이 길에 이토록 깨끗하고 하얀 봉투를 떨어뜨렸을까. 나는 무심히 그 편지 봉투를 주워 봉함도 없는 그 속의 종이를 펼쳐보았습니다. 거기에는 내가 난생처음 보는 아름다운 시가 한 편 쓰여 있었습니다.

저 휘파람을 부세요, 네 / 그러면 제가 당신께 가겠어요 / 저 휘파람을 부세요, 네 / 그러면 제가 당신께 가겠어요 / 아버지와 어머니, 그리고 모든 사람들이 / 뭐라고 나를 꾸짖고 야단을 쳐도 난 무섭지 않아요 //

저 휘파람을 부세요, 네 / 그러면 제가 당신께 가겠어요 / 하지만 오실 땐 부디 조심하셔요 / 싸리문을 열 때까진 오시면 안 돼요 / 그때까진 가만히 울타리 곁에 숨어 있다가 / 시치미를 딱 떼고 들어오세요 //

교회나 저자에서 만나더라도 / 못 본 체하고 지나가세요 / 하지만 그 검은 당신의 눈으로 살짝 한 번 / 눈짓만 하세요 / 안 본 체하고 지나가세요, 안 본 체하고 지나가세요 //

언제든 저 같은 건 아무것도 아니라고 하세요 / 이따금 조금씩은 칭찬해도 좋습니다만 / 하지만 딴 여자하곤 절대로 놀아서는 안 돼요 / 당신을 빼앗기면 전 못 살아요 / 당신을 빼앗기면 전 못 살아요

내가 걷는 이 길과 닭장과 장독대와 물봉숭아와 싸리문과 조금 떨어져 있는 시골 교회와 저녁이면 큰 그림자로 내려오는 비계산 그늘과 단발머리가 가지런한 두 학년 아래의 여학생…. 누가 이 정경과 꼭 닮은 풍정을 시로 썼을까? 나는 마치 남의 것을 훔친 사람처럼 급한 마음으로 그 편지를 접어 교복 호주머니 안에

넣었습니다. 그리고는 두근거리는 가슴을 달래며 집으로 돌아와 그 편지의 시를 읽고 또 읽었습니다. 누가 쓴 것인지도 몰랐던 그 시는 나중에 알고 보니 스코틀랜드 시인 로버트 번스의 시,〈휘파 람을 부세요〉였습니다.

누구에게나 소년 시절을 뒤돌아보면 찔레꽃 같은 추억이 있기 마련이지요. 그것은 사람에 따라서는 시가 될 수도 있고 노래가 될 수도 있고 소설이 될 수도 있습니다. 소설가 신경숙이 어떤 책 에서, '지하철을 타고 가다 방송으로 흘러나오는 이 시를 듣고 눈 시울이 뜨거워졌다'고 썼던 것을 기억합니다. 듣기엔 그도 시를 좋아하는 작가라더군요. 소설가 박경리 선생도 시를 써서 시집 을 냈고, 박완서 선생도 시를 좋아해서 정신이 무디어져 있을 때 시를 읽는다고 쓰기도 했습니다. 시와 소설은 그런 점에서 샴쌍 둥이인 셈이지요.

이 시는 너무도 나의 소년 시절을 베껴놓은 시여서 남의 앞에 내놓기가 부끄럽지만 요즘은 시 낭송가들, 특히 전주의 낭송가 들이 자주 낭송을 한다는 말을 듣고 모험 삼아 여기에 서술을 붙 여 내어놓아 봅니다. 마치 열 살 적 일기장을 선생님한테 숙제로 내어놓듯이 말이지요.

생의 노래

움 돋는 나무들은 나를 황홀하게 한다
흙 속에서 초록이 돋아나는 걸 보면 경건해진다
삭은 처마 아래 내일 시집갈 처녀가 신부의 꿈을 꾸고
녹슨 대문 안에 햇빛처럼 밝은 아이가
잠에서 깨어난다

사람의 이름과 함께 생애를 살고
풀잎의 이름으로 시를 쓴다
세상의 것 다 녹슬었다고 핍박하는 것
아직 이르다
어느 산기슭에 샘물이 솟고
들판 가운데 풀꽃이 씨를 익힌다

절망을 두려워하는 사람들이
지레 절망을 노래하지만
누구나 마음속에 꽃잎 하나씩은 지니고 산다

근심이 비단이 되는 하루

상처가 보석이 되는 한 해를 노래할 수 있다면

햇살의 은실 풀어내 아는 사람에게

금박 입혀 보내고 싶다

내 열 줄 시가 아니면 무슨 말로

손수건만 한 생애가 소중함을 노래하리

초록에서 숨 쉬고 순금의 햇빛에서 일하는

생의 향기를 흰 종이 위에 조심히 쓰며

●●●

나는 창을 만든 사람보다 창이라는 이름을 처음 붙인 사람을 사랑합니다. 그의 눈이 창의 안이거나 바깥이었을 거라고 생각하며 입을 옆으로 벌려 창을 길게 발음해 봅니다. 창이라는 발음은 유리병이 깨지는 소리 같아서 본래 아름답지는 않으나 누군가가 그것을 처음 창이라 부른 뒤부터 창은 아름다워졌을 것이라 생각합니다. 시도 그런 것 아니겠습니까. 시 속에 들어가 보면 시는 아름답지 않은 말의 집합이기도 하지만 어떤 이가 그것을 시라고 불러서 비로소 시라는 아름다운 이름을 가지게 되었다고 나는 생각합니다.

내가 창가에 앉는 것은 시를 쓰기 위해서가 아니라 시를 잊기 위해서라고 어느 글엔가 쓴 적이 있습니다. 나는 더 많은 돌에 걸려 넘어져 봐야 돌의 생명을 안다고 말하고 싶을 때는 잊지 않고 시에 더 많이 걸려 넘어져 봐야 시의 생명을 안다고 씁니다. 창가에 앉아 있는 시간, 창가에 앉아서 푸른 산을 바라보거나 길게 날아가는 하얀 새의 날개를 바라본다면 그것이 시적이라고 해도 좋지 않을까요. 이 시간 나처럼 누군가가 창가에 앉아 있다면 그도 시를 생각하며 놓친 생각을 가슴으로 불러오는 사람입니다. 창은 스스로 너무 맑아서 아무것도 감추지 않습니다. 그러나 창이 아름답지 않은 것을 보여준다 해서 그것을 창의 탓으로만 돌릴 수는 없습니다. 창은 몸 안에 위도 폐도 간도 지니지 않았기 때문에 제 안의 흐리고 탁한 것까지 숨기지 않고 다 보여줍니다. 그러기에 흐리고 탁하고 미워하고 분노한 마음으로는 시를 쓸 수가 없습니다. 흐리고 탁한 마음이 맑은 물이 될 때, 그때 안과 밖, 앞과 뒤가 없는 투명한 유리를 공중에 달아놓고 창…, 하고 누군가 그는 불렀을 것입니다. 그가 그렇게 부른 뒤 우리도 그를 따라 '창'이라고 부릅니다. 처음 '창' 하고 부른 사람, 그는 아마도 시를 생각하기 가장 좋은 곳이 창가라는 말을 하고 싶었지만 창이 제 속의 것을 보여주지 않았기에 미처 그 말을 못 한 사람일 것입니다. 그러니까 그의 입이 하지 않은 것은 절대로 창이 대신하는 일은 없다는 것을 알리기 위해 창은 창으로 있을 것입니다. 부르면 더 고요하고 만지면 더 차가워지는 창을 처음 창이라 부른 사람, 그의 둥근 입술이 보고 싶습니다.

이 글은 내가 창가에 앉아 1분 동안 생각한 것을 책상으로 돌아와 두 시간 동안 쓴 것입니다. 당신도 시간을 쪼개어 창가에 앉아보세요. 창가에 앉아보면, 움 돋는 나무들은 언제나 당신을 황홀하게 할 것입니다. 그래서 나는 썼습니다. '내 열 줄 시가 아니면 무슨 말로 / 손수건만 한 생애가 소중함을 노래하리'라고 말입니다. 나는 아직도 시에 관한 한 '생명파'고 문학의 갈래에 관한 한 '인생파'이고자 합니다. 사람의 이름과 함께 생애를 살고 풀잎의 이름으로 시를 써왔으니까요.

66

흐리고 탁한 마음이 맑은 물이 될 때, 그때, 안과 밖,
앞과 뒤가 없는 투명한 유리를 공중에 달아놓고
창…, 하고 누군가 그는 불렀을 것입니다.
그가 그렇게 부른 뒤
우리도 그를 따라 '창'이라고 부릅니다.

처음 '창' 하고 부른 사람, 그는
아마도 시를 생각하기 가장 좋은 곳이
창가라는 말을 하고 싶었지만
창이 제 속의 것을 보여주지 않았기에
미처 그 말을 못 한 사람일 것입니다. 99

별이 뜰 때

나는 별이 뜨는 광경을 삼천 번은 넘게 바라보았다

그런데 별이 무슨 말을 국수처럼 입에 물고 이 세상 뒤란으로 살금살금 걸어오는지를 말한 적이 없다

별이 뜨기 전에 저녁쌀을 안쳐놓고 상추 뜯으러 나간 누이에 대해 나는 쓴 일이 없다

상추 뜯어 소쿠리에 담아 돌아오는 누이의 발목에 벌레들의 울음이 거미줄처럼 감기는 것을 말한 일이 없다

딸랑딸랑 방울을 흔들며 따라오던 강아지가 옆집 강아지를 만나 어디론가 놀러 가버린 그 고요함을 말한 일이 없다

바삐 갈아 넘긴 머슴의 쟁기에 찢겨 아직도 아파하는 산그늘에 대해,

어서 가야 하는데, 노오란 새끼들이 기다리고 있는데, 아직 벌레를 잡지 못해 가슴을 할딱이는 딱새가 제 부리로 가슴털을 파고 있는 이른 저녁을 말한 일이 없다

곧 서성이던 풀밭들은 침묵할 것이고 나뭇잎들은 다소곳해질 것이다

부엌에는 접시들이 달그락거리며 입 닫은 딱새의 말을 대신해줄 것이다

별이 뜨면 사방이 어두워져 그때 막내 별이 숟가락을 입에 문 채 문간으로 나올 거라는 내 생각은 틀림없을 것이다

별이 뜨면 너무 오래 써 너덜너덜해진 천 원짜리 지폐 같은 반달이 느리게 느리게 남쪽 산 위로 돋을 것이라는 내 생각은 틀림없을 것이다

별이 뜨면 벌들과 딱정벌레들이 둥치에서 안 떨어지려고 있는 힘을 다해 나무를 거머쥐고 있는 것을 어둠 속에서 볼 수 있을 것이다

별이 뜨면 귀뚜라미가 찢긴 쌀 포대에서 쌀 쏟아지는 소리로 운다고 터무니없는 말을 나는 한마디만 더 붙이고자 한다

이것들이 다 별이 뜰 때, 별이 뜨면 생기는 일들이다

울타리 가에는 석류나무가 한 그루 서 있고 배롱나무가 꽃을 매달고 있습니다. 감나무가 두 그루 감을 매달고 자꾸 우리 집 담으로 넘어오고 있습니다. 개울 건너 앞산 중턱에는 알밤나무 스무 그루가 산기슭을 덮고 뒷산 대숲에는 가끔 바람이 대숲을 쓸고 갑니다. 마당 가운데는 암탉들이 모래땅에서 무언가를 쪼아 먹고 강아지들이 하릴없이 졸다가 다른 강아지의 부르는 소릴 듣고 놀란 듯 대문을 뛰쳐나가 해가 저물어도 돌아오지 않습니다.

산은 천년 동안 말이 없고 도랑물은 하루 종일 조잘거리며 흐르지만 무슨 말인지 알아들을 수가 없습니다. 벼가 익어가는 논둑에는 뜸부기가 온종일 뜸북뜸북 울고 먼 산기슭 철쭉 숲에서는 무엇에 놀란 듯 쉰 목소리로 장끼가 웁니다. 그 뒤에는 장독 깨지는 소리로 노루와 고라니가 캥캥 제 있음을 알립니다.

마을에는 하나뿐인 공동 우물이 있습니다. 집집마다 아낙들은 이 우물에 나와 상추와 쑥갓을 씻고, 씻은 배추와 아욱을 광주리에 담아 물동이를 머리에 인 채 집으로 돌아갑니다. 이 작고 고요한 마을에도 여느 세상에 다름없이 아침이 오고 저녁이 옵니다.

아침이면 잘 씻긴 얼굴의 해가 오고 저녁이면 이야기를 입에 문별이 돋습니다.

산골 마을은 어디 가나 조금씩 닮아 있습니다. 아직도 할아버지 산소가 거기 빛 바른 언덕에 누워 있고 그 아래 양지 녘에는 허벅지에 쇠똥을 바른 암소가 짚동 곁에서 여물을 새김질하고 아무도 봐주지 않는데 사금파리를 밀어 올리며 제비꽃 어린 싹이 돋습니다. 나에게는 유난히도 나를 따라다니기 좋아하던 누이동생이 하나 있었습니다. 한글 자모와 구구단을 나에게서 배웠던 누이입니다. 학교 갔다 오면 이웃집 진순이와 함께 고무줄놀이를 하며 동요를 부르던 누이입니다. 내가 가끔 소월의 〈팔베개 노래〉를 소리 내어 읽으면 그게 무어냐고 묻고 또 물었던 누이입니다. 이런 정황이 이 시를 쓰게 된 배경입니다. 뒷날 내가 쓴 다른 시 〈누이는 일생 어린 양을 키웠었지〉에서, '대소쿠리에 가락지나물 참나물 곰보배추 옷고름나물 정갈히 씻어놓고 내 뒤를 따라와 산딸기를 앞치마에 따 담던' 그 누이입니다.

이 시를 쓴 지 삼십 년이 넘은 지금도 나는, 시는 생의 정맥이 도란도란 흐르는 실핏줄 같은 것이라고 생각합니다. 어렸을 때 두 손바닥을 모아 떠 마시던 옹달샘 물 같은 시, 그런 시를 읽거나 쓰고 싶습니다. 어떻게 하면 그런 시를 다만 몇 편이라도 더 써놓고 이 세상 뜰 수 있을까요?

마음속 푸른 이름

아직 이르구나

내 지상의 햇빛, 지상의 바람 녹슬었다고 슬퍼하는 것은

아직 이르구나

내 사람들의 마음 모두 재가 되었다고

탄식하는 것은

수평으로 나는 흰 새의 날개에 내려앉는

저 모본단 같은 구름장과

우단 같은 바람 앞에 제 키를 세우는 상수리나무들

꿈꾸는 유리 강물

햇볕 한 움큼씩 베어 문 나생이 잎새들

마음 열고 바라보면 아직도 이 세상 늙지 않아

외출할 때 돌아와 부를 노래만은

언제나 문고리에 매어둔다

이제 조그맣게 속삭여도 되리라

내일 아침에는 이 봄에 못 피었던 수제비꽃이 길옆에 피고
수제비꽃 옆에 어제까지 없던 우체국이 하나
새로 지어질 것이라고,

내 귓속말로 전해도 되리라
오늘 태어나는 아이가 내일 아침에는 주홍신을 신고
가장 따뜻한 말을 싸서 부치려고
우체국으로 갈 것이라고

시를 사랑하는 사람치고 프랑시스 잠을 좋아하지 않는 사람은 없을 것입니다. 그는 작고 사소한 사물과 일상을 노래해서 많은 사람들에게 공감을 불러일으킨 시인이지요. 잠은 〈가장 위대한 사람의 일이란〉이라는 시에서 제목과 같이 가장 위대한 일이란 '정원에 양배추와 마늘의 / 씨앗을 뿌리는 일 / 그리고 따뜻한 / 달걀을 거두어들이는 일'이라고 썼습니다. 사람의 일 가운데 가장 위대한 일이 양배추를 심고 씨앗을 뿌리고 달걀을 거두어들이는 일이라고 합니다. 가장 낮은 삶을 살아보지 않은 사람이라면 어찌 이런 말을 시에 쓸 수가 있겠습니까. 나도 내 시 〈정오의 순례〉에서 '가을 씨앗을 갈무리하는 일은 인공위성을 쏘아 올리는 일보다 위대하다'고 쓴 일이 있습니다. 잠에 비하면 너무 거창한 비유긴 합니다만 말하려고 하는 마음은 같은 것입니다.

1868년에 태어난 잠은 생애 동안 어려운 일을 많이 겪었습니다. 세관원인 아버지의 잦은 전근으로 많은 곳을 전전한 어린 시절을 보냈고, 스무 살 때는 바칼로레아(대학 입학 자격고사)에도 낙방합니다. 뿐 아니라 '텍스트 설명'이라는 프랑스어 과목에 0점을 받고 절망에 빠진 그해에 아버지마저 사망합니다. 여느 사람이라면 이런 역경에 부닥치면 모든 걸 포기하고 말았을 것입니다. 그러나 잠은 그런 슬픔을 시로 써서 몇 년 뒤에 《시verse》라는 시집을 내어 성공합니다. 이 시집으로 당대 프랑스의 유명한 시인 말라르메와 소설가 앙드레 지드로부터 찬사를 받습니다. 프랑스 아카데미 회원에도 세 번을 낙방한 그는 마흔일곱 살 때 비로소 아카데미상을 수상합니다. 그러면서도 늘 자기 앞의 생을 어루만지고 노래해서 많은 독자들의 사랑을 받았습니다. 우리의 시인 백석이나 윤동주도 잠의 시를 좋아했습니다.

누구에게나 슬픔과 탄식은 이슬비처럼 머리카락을 적십니다. 그러나 슬픔과 탄식에 몸을 앗겨버린다면 아무것도 할 수 없습니다. 세상을 탓하고 원망만 하면 다시는 일어서기 힘듭니다. 그러기에 '세상이 모두 녹슬었다'고 탄식하는 것은 자신에도 유익한 일이 아닙니다. 그런 때라면 더욱 '내일 아침에는 이 봄에 못 피었던 수제비꽃이 길옆에 피고 / 수제비꽃 옆에 어제까지 없던 우체국이 하나 / 새로 지어질 것'이라고, 조그맣게 속삭이는 마음을 가지세요. 수제비꽃은 실제로는 없는 꽃입니다. 내가 시에만 쓰는 꽃입니다. 오랑캐꽃이라도 좋고 제비꽃이라도 괜찮습니다. 그런 마음으로 쓴 시 한 편을 부치려고 우체국에 간다면, 우체통은 얼마나 그를 반가워할까요! 우체통이 빨갛게 달아오르는 것은 그 때문입니다.

나는 생이라는 말을 얼마나 사랑했던가!

내 몸은 낡은 의자처럼 주저앉아 기다렸다

병은 연인처럼 와서 적처럼 깃든다

그리움에 발 담그면 병이 된다는 것을

일찍 안 사람은 현명하다

나, 아직도 사람 그리운 병 낫지 않아

낯선 골목 헤맬 때

등신아 등신아, 어깨 때리는 바람 소리 귓가에 들린다

별 돋아도 가슴 뛰지 않을 때까지 살 수 있을까

꽃잎 지고 나서 옷깃에 매달아 둘 이름 하나 있다면

아픈 날들 지나 아프지 않은 날로 가자

없던 풀들이 새로 돋고

안 보이던 꽃들이 세상을 채운다

아, 나는 생이라는 말을 얼마나 사랑했던가

삶보다는 훨씬 푸르고 생생한 생

그러나 지상의 모든 것은 한 번은 생을 떠난다

저 지붕들 얼마나 하늘로 올라가고 싶었을까

이 흙먼지 밟고 짐승들, 병아리들 다 떠날 때까지
병을 사랑하자, 병이 생이다
그 병조차 떠나고 나면, 우리
무엇으로 밥 먹고 무엇으로 그리워할 수 있느냐

사전 가운데서 가장 아름다운 말을 고르라면 나는 '시인'이라는 말을 고르겠습니다. '시인'이라는 말은 꽃보다도 무지개보다도 아름다운 말이라 나는 생각합니다. 이 세상에 시가 있다는 것은 참으로 신기하고 행복한 일이라 나는 생각합니다. 그런 시인 가운데서도 유독 애착이 가는 시인이 있습니다. 두 번째 인용합니다만, 봄날 돋는 새순 같은 시를 쓴 시인 울라브 하우게가 바로 그런 시인입니다. 하우게는 노르웨이의 시골 울빅이라는 곳에서 태어나 독학으로 공부를 했고 그곳의 원예학교를 졸업한 뒤 일생을 정원사로 일하면서 살았다고 합니다. 일흔 살에 결혼했고 아흔여섯 살에 자신의 집 정원의 의자에 앉은 채로 생을 마감했다고 합니다. 그는 세상 바깥에서 숨 쉬며 세상 안쪽으로 시를 보낸 미농지 같은 시인입니다. 그 종이는 시 아닌 것은 아무것도 쓰이지 않은 깨끗한 종이입니다. 미국 시인 로버트 블라이는 울라브 하우게에 대해 이렇게 썼습니다.

그는 줄 것이 많은 사람이다. 그렇지만 그는 마치 간호사가 작은 스푼으로 약을 주듯 먹여준다. 그는 옛날 방식으로 죽었다. 어

떤 병증도 없었다. 단지 열흘 동안 먹지 않았다. 슬픔과 감사로 가
득했던 장례식은 어린 그가 세례를 받은 계곡 아래 성당에서 있
었다. 말이 끄는 수레가 몸을 싣고 산으로 올라갔다. 작은 망아지
가 어미 말과 관을 따라 내내 행복하게 뛰어갔다.

그는 눈이 많이 온 날은 손으로 어린 나무의 눈을 털어주는 사
람이었습니다. 그의 앞에서는 사람과 나무가 하나가 되었습니다.
어린 나무가 사람의 자식이 되었습니다. 그의 시와 그의 생애를
읽으면 누구라도 슬프고 행복한 시를 쓰고 싶어집니다. 풀잎에
손을 베이듯 마음을 베이고 싶은 날은 아프고 애틋한 시가 읽고
싶어집니다. 그의 소박한 삶을 생각하면 마음이 아프고도 행복
해집니다. 전등불을 끄고 그의 시를 읽으면 눈시울이 젖어옵니
다. 은연중, '꽃잎 지고 나서 옷깃에 매달아 둘 이름 하나 있'는 것
같고 그의 정맥 같은 시를 읽으면 '아픈 날들 지나 아프지 않은
날로 가'고 싶어집니다. 그런 밤은 그의 고사리 잎 같은 시 구절들
이 잠 속을 파고듭니다. 블라이의 위 글 역시 한 번쯤 '사람 그리
운 병을 앓아보라'고 일러주는 것 같습니다. 그리움이 삶의 힘이
라고 말해주는 것 같습니다.

> 없던 풀들이 새로 돋고
> 안 보이던 꽃들이 세상을 채운다
>
> 아, 나는 생이라는 말을 얼마나 사랑했던가
> 삶보다는 훨씬 푸르고 생생한 생

밥상

산 자들이여, 이 세상 소리 가운데
밥상 위에 수저 놓이는 소리보다 아름다운 것 또 있는가

아침마다 사람들은 문밖에서 깨어나
풀잎들에게 맡겨둔 햇볕을 되찾아오지만
이미 초록이 마셔버린 오전의 햇살을 빼앗을 수 없어
아낙들은 끼니마다 도마 위에 풀뿌리를 자른다

청과시장에 쏟아진 여름이 다발로 묶여와
풋나물 무치는 주부들의 손에서 베어지는 여름
채근菜根의 저 아름다운 살생으로 사람들은 오늘도
저녁으로 걸어가고
푸른 시금치 몇 잎으로 싱싱해진 밤을
아이들 이름 불러 처마 아래 눕힌다

아무것도 탓하지 않고 전신을 내려놓는 빗방울처럼

주홍빛 가슴을 지닌 사람에게는 미완이 슬픔이 될 순 없다

산 자들이여, 이 세상 소리 가운데
밥솥에 물 끓는 소리보다 아름다운 것 또 있는가

우리가 아침저녁으로 건네는 인사말 가운데 가장 정다운 말은 무엇일까요? 아마도 '밥 먹었니?', '점심 잡수셨습니까?' 라는 인사말일 것입니다. '굿모닝'은 안개가 많은 영국 사람들이 밝은 아침 햇빛을 기다리며 만든 인사말이라고 합니다. '밥 먹었니'라거나 '저녁 드셨나요'라는 인사는 예부터 먹을 것이 부족했던 우리의 조상들이 이웃을 만났을 때 건네는 안부였다는 설명도 있습니다. 그러나 어찌 꼭 그런 것이겠습니까. 이웃끼리 가장 친근하게 직접적인 마음을 전하고 받을 수 있는 말이 그 말이기에 '먹는 일'을 묻는 것이 인사말이 된 것이지요.

《좋아하는 일을 하며 나이 든다는 것》이라는 책을 낸 신병철 씨는 국내에 일본 책을 많이 번역해서 소개한 작가입니다. 이분이 번역한 책 가운데는 일본 작가 하레사쿠 마사히데라는 사람의 《나를 살리는 말》이라는 책이 있습니다. 이 책은 목차만 보아도 가슴이 따뜻해지는 책입니다. 목차에는 이런 제목들이 채마밭의 남새처럼 심겨 있습니다.

다녀올게요, 내일은 분명 좋은 날, 처음 뵙겠습니다,

맛있어!, 괜찮아, 반갑습니다, 잘 있어, 아파?, 사랑해,

기다리고 계세요, 다녀왔습니다, 옆에 있어 줘,

어떻게든 되겠지, 이곳이었어, 미안해

우리가 일상생활에서 흔하게 쓰는 말들, 그러나 쓰고 난 뒤에는 그런 말을 자신이 썼는지조차 금세 잊고 마는 말들이 책의 목차로 빼곡히 짜여 있습니다. 시를 쓰는 일은 기실 이 같은 마음의 바탕에 몇 마디 조련된 언어를 올려놓으면 되는 것 아닐는지요? 근본적으로 서정시는 이런 말들의 토대 위에 아담하고 맵시 있는 언어들로 기둥을 세우고 서까래를 얹고 지붕을 덮는 일이라 하면 되지 않겠습니까.

그런 마음으로 나는 우리의 생명과 불가분의 관계에 있는 '밥상'을 주제로 위의 시를 썼습니다. 독자 가운데는 혹 '밥상'도 시가 될 수 있느냐고 묻는 사람이 있을지도 모르겠습니다. 그러나 달리 생각하면 '밥상'보다 더 좋은 시의 재료도 없다고 생각합니다. 많은 사람들이 말했지만 시는 나와 멀리 있는 것이 아닙니다. 시는 늘 내 곁에서 숨 쉬고 나와 함께 일어나 걷고 문 열어 외출하고 길과 골목을 돌아 귀가하는 일상의 세부 목록들입니다.

'산 자들이여, 이 세상 소리 가운데 / 밥상 위에 수저 놓이는 소리보다 아름다운 것 또 있는가'라는 이 구절은 무슨 철학을 말하

려고 쓴 것이 아닙니다. 우리에겐 위대한 삶이 따로 있지 않습니다. 필부필부가 먹고 자고 일하며 살아가는 일, 힘겹지만 기쁨을 길러내는 일, 마음 없이 보면 아무데서도 아름다움을 발견할 수 없는 것에서라도 마음을 가다듬고 보면 색동옷 같은 아름다움을 찾아내는 일, 평범한 일상들이 언어의 옷을 갈아입고 우리 곁으로 걸어오는 일, 그것을 언어로 옮겨놓은 것이 시 아니겠습니까. 그래서일까요? 이 시의 끝 구절은 방송인 전유성이 유독 좋아하는 구절이기도 합니다. 그가 사회할 때 가끔 이 구절을 인용하는 것을 나는 보았습니다. 내가 낭송가들의 초대를 받아 전주에 가면 오겠다는 기별도 없이 그가 뉘 자동차를 얻어 타고 쫓아오는 이유도 거기 있을 것입니다.

새들이 아침을 데리고 온다

새들이 지저귀면 부리에서 해 싸라기가 떨어진다
초록 빗자루 같은 바람이 마당을 쓸고 가면
나는 톱으로 생나무를 잘라
나무 향기를 집 안에 들여놓는다

내 옷은 단벌이어서 나무에게 빌려줄 옷이 없다
그러나 구름은 심심하면
웃옷을 벗어 나뭇가지에 걸어놓는다

나무의 어깨에 새가 앉듯이
내 어깨에도 새가 앉았으면 좋겠다
새들이 부리에 햇살을 물고 와
아저씨, 잘 잤어, 라고 인사하면 좋겠다

바람이 자주 유리창에 와 부딪치는 걸 보니 가을이 깊어가는 모양입니다. 천연하던 여름 구름이 바삐 하늘을 가로지르는 걸 보니 추위가 한 벌 몰려올 것 같습니다. 이맘때는 시를 쓰는 사람의 마음과 시를 읽는 사람의 마음이 하나가 되는 시간입니다. 쓸쓸한 아름다움이랄까요, 달콤한 외로움이랄까요? 우리에게는 가끔 고독이 찬연한 옷을 입고 나타나는 시간이 있습니다. 그런 시간에 나는 이 시를 썼습니다. '하늘새'라는 닉네임을 가진 분이 위의 시를 두고 이렇게 썼네요.

그의 시는 높은 경지에서 발하는 빛의 아름다움이다. 섣부른 감상적 흐름을 자제하면서 우아하게 깊이 전해오는 그의 향기. 그의 시를 읽으면 사람과 삶에 대한 애정 어린 마음이 따뜻하게 전해온다. 사람 사랑하는 마음 아니면 시를 쓰지 않으리라는 시인의 마음, 그래서 더욱 향기롭고 따뜻한 시들. 소리 내며 흐르는 여울물 아닌 굽이치며 흐르는 강물 같은 울림의 시들. 나의 '그리운 손길'이고픈 아름다운 시인….

한 사람이 백 번 읽는 시도 있고 백 사람이 한 번 읽는 시도 있다고 합니다. 나는 이 둘 중 어느 것을 택해야 할지 아직 정하지 못했습니다. 아마도 죽을 때까지 그것을 정하지 못할지도 모르겠습니다. 하늘의 옷은 기운 자리가 보이지 않는다고 합니다. 나도 하늘의 옷처럼 기운 자리가 보이지 않게, 아무런 제약도 없이 마음가는 대로 열 줄, 스무 줄의 시를 쓰고 싶습니다.

오동잎에 찬비 후두둑하는 걸 보니 날씨가 추워지려는 것 같습니다. 빗속으로 떠나는 저 오동잎을 오래 바라보고 서 있을 여가가 없습니다. 마음은 바쁘고 몸은 따르지 않는군요. 나는 작년에 넣어둔 내복을 꺼내 입고 덧옷도 하나 어깨에 걸치고, 창 아래 놓인 작고 둥근 나무 의자에 앉아 창밖을 내다봅니다. 몸이 점점 추워오지만 석윳값이 폭등해 보일러를 펑펑 돌릴 수가 없습니다. 창을 통해 바라보이는 시야는 좁아 근경近景이 오 리도 채 안 됩니다만, 저쪽 풍경은 아름답고 이쪽 풍경은 쓸쓸해서 눈시울이 뜨거워집니다. 이 풍경이 내 마음의 흑백사진이 되기에 저는 마음 액자에 사진 한 장을 담으려고 창가에 바짝 다가앉습니다.

무심이라니요, 생각이 이렇게 많은데 어찌 무심입니까? 실로 우리가 밤새워 달려가 빌려올 문장이 어디서 파도처럼 넘실대는데 무슨 말을 불러 이 파도를 재우겠습니까?

유리창에는 구름 한 송이와 바람 한 다발 외에는 아무것도 걸어놓아서는 안 된다던 생각을 유리창에는 시 한 줄을 걸어놓아도 좋다는 생각으로 바꾸어봅니다. 자고 나면 새들이 '부리에 햇살을 물고 와 / 아저씨, 잘 잤어'라고 인사하면 좋겠습니다. 이 시는 그런 마음으로 비교적 짧은 시간 만에 쓴 시입니다.

마음이 색종이 같은 사람

이별은 꽃잎 지듯이 하라
아직 못다 핀 꽃이 오늘은 필 거니까
이별은 노래처럼 하라
내가 심은 도라지꽃과 눈 맞춰 약속을 했으니까

햇살 아래선 슬픈 단어를 생각하지 마라
아침이 빠른우편으로 하루를 데리고 올 거니까
햇살 아래선 가장 아름다운 말만 생각하라
잠 깬 산들이 나무들을 데리고 마을로 내려올 거니까

풀밭에선 부지런한 꽃들이
오늘 방문할 나비들의 차례를 정하느라 바쁘고
길가의 나무들은 팔을 벌려 가르맛길을 정리한다

마음이 색종이 같은 사람은
언어를 모르는 꽃들의 입술에서

아름답다는 말을 배운다

연필로 그릴 수 없는 꽃들의 사랑을

흰 종이에 수채화로 옮긴다

'이별은 꽃잎 지듯이 하라'라는 말은 오늘 아침 세수하다 발견한 한 구절입니다. 그러니까 시인에게는 한가한 시간이 가장 바쁜 시간입니다. 세면대에 물을 담고 내려다본 내 얼굴을 유심히 들여다보면 아직 한 번도 보지 못했던 죄와 슬픔과 거짓 들이 낱낱이 보입니다. 참회할 일, 무릎 꿇고 빌어야 할 일, 달려가 무릎 꿇지 못하면 일기장에라도 용서의 말로 베껴 써놓아야 할 일들이 물속에 가라앉은 바늘처럼 보입니다. 두 손으로 얼굴에 찬물을 끼얹으면 어제 헤어진 사람과의 언짢았던 일, 오늘 만나야 할 사람과의 곱지 않은 일, 무엇보다 함께 있고 싶은 사람의 손을 놓고 바삐 돌아서야 할 일들이 물살이 되어 떨어지는 것이 보입니다.

기쁜 이별은 없습니다. 이별이란 말은 그 안에 비애를 담고 있습니다. 그래서 사람들은 이별을 말 대신 손짓으로 합니다. 손의 무늬가 이별을 만듭니다. 그 무늬는 아름다울수록 슬픔으로 배어납니다. 바이바이, 라고 세 살 때 배운 손짓을 사람들은 칠순이 넘어도 반복합니다. 아직은 꽃이 필 거니까 오늘은 이별하지 말자, 아직은 햇살이 밝으니까 오늘은 이별하지 말자, 그런 마음이 우리를 붙들 때 이별은 더 애틋한 그림자를 남깁니다. 그렇기에 나는 '이별은 꽃잎 지듯이 하라'라고 썼습니다. 사람과의 이별만 이별은 아닙니다. 아침이 정오로 가는 일, 정오가 저녁으로 가는 일, 저녁이 밤을 데리고 오는 일이 모두 이별입니다. 내 머리카락을 어루만지며 불어간 바람도, 내 어깨 위로 그림자를 남기고 날아간 휘파람새도, 물풀을 어루만지며 쉼 없이 흘러가는 강물도, 강물에 떠가는 하얀 구름도 이별입니다. 아름답고자 하는 사람들은 모두 이별을 사랑합니다.

아침이 오고 저녁이 오는 마을에서

내가 색연필로 그려둔 소꿉마을에

풀물 글씨의 저녁이 온다

풀잎에게 제 이름을 물으면

저마다 파란 손을 흔들며 대답하는 영혼들

큰 계절이 저 작은 잎 뒤에 숨어 있다

내 발자국 남은 산은 오늘 밤 키가 크고

오늘도 먼 곳 안부가 궁금한 사람들은

잘 씻은 흰 손으로 씨앗을 받아놓는다

내일이 틀림없이 오리라 믿기 때문이다

세상은 안녕하지 않아도

흔들림으로 제 이야기를 전하는 잎새들은 안녕하다

그 길 위에서 신발들은

오늘 하루 세상을 건너는 법을 배웠다

어둠이 벗어놓은 신발에 별이 담긴다

아침이 오고 저녁이 오리라는 걸 믿는 사람들이

하루가 쓰고 남은 햇빛을 처마에 걸어둔다

생각에 생각을 박음질하는 과정이 시를 태어나게 하는 길인가 봅니다. 그래서 그렇겠지요. 나는 이 시를 꼬박 보름 동안 썼습니다. 길을 걸으면서도 밥을 먹으면서도 이 시의 구절구절을 생각했습니다. 그러다 보니, 내가 이 시를 쓰기 위해 동원한 메모들이 본문보다 세 배는 길었습니다.

시어를 불러오는 과정은 잔잔한 호수에 돌맹이를 던지는 일이라고 생각합니다. 손으로 던진 돌맹이가 호수에 파문을 일으키며 사라지는 모습 말입니다. 한 물결이 다른 물결을 밀며 호수의 끝에 닿아 마침내 흔적도 없이 사라지는 모습은 시어가 태어나고 사라지는 모습과 같다고 생각합니다. 물결이 시어라면 끝내시 속에 남은 물결은 시가 되고 그렇지 못한 물결은 시가 되지 못해 사라집니다. 시 속에 들지 못하고 사라진 말들, 그것은 얼마나 서러울까요. 아마도 그것은 저를 버린 나를 원망하면서 먼 들길을 헤맬 것입니다.

보름 동안 나를 따라다녔던, 그러나 끝내 시가 되지 못한 말들은 이렇습니다.

새는 하늘에 제 말을 심는다 은행나무와 가시나무 가지에 읽던 책을 끼워두고 저 새가 먹을 서속알 한 줌을 새 몰래 부어놓는다 나는 국어책에서 시를 배우지 않고 백 년 동안 제 길을 잊지 않고 찾아오는 저녁별에게서 배웠다 구름이라는 명사 하나가 제 몸을 새털처럼 바꾸어 입고 내 머리 위로 흘러간다 오늘 하루 마주 보며 더 파래지는 이파리들에게 눈을 뗄 수가 없다 그럴 땐 식물의 생애를 내 삶에 접붙이고 싶어진다 모든 아름다움은 어둠 속에서 태어난다 그러나 모든 음악은 고요로 돌아간다 이맘쯤서 세계는 의문을 풀고 제 이름 부르면 금세 대답할 사람들은 머리맡에 내일이라는 약속을 두고 잠이 든다.

메모 쪽에 남은 이 말들은 생각하다 생각하다 그만 시가 되지 못한 말들입니다. 구절의 면면들은 시의 몸이 되었는데도 시행의 앞뒤에서 서로 끌어주고 당겨주지 못하는 '시 문법'의 규칙에 맞지 않은 말들이기 때문입니다. 나는 호수에 던진 돌멩이가 일으킨 파문이 음악처럼 흘러갔으면 좋겠습니다. 어떤 물결이 다른 물결과 부딪쳐 깨어지며 파도가 되는 것을 바라지 않습니다. 그런 생각 때문에 시의 몸이 되지 못한 이 구절들이 언젠가는 다른 시의 육체로 태어나길 바랍니다. 모든 신발들이 안녕하지 못한 길 위에서 안녕한 세상으로 건너가는 법을 배우듯이.

오전이 청색지처럼

햇빛이 유리 조각을 밟으며 지나가는 오전에는
나뭇잎들의 의상이 화사해진다
아침이 전하는 푸른 말들을 쟁반에 담아두고
지는 꽃에게 이틀만 더 참아 달라고 부탁한다
아무리 바빠도 산은 뛰어가지 않고
아무리 마음 급해도 강물은 제 길을 바꾸지 않는다
살아오면서 가슴 에는 것은 사람 때문이었는데
오늘 마음 저미는 것은 낙화 때문이다
접시 부딪는 소리가 음악이 되는 식탁에
향초 화분처럼 마주 앉고 싶던 사람
헤매는 것이 어찌 슬픔 때문이랴
그리움을 이기는 법을 익히려고
나는 오전이 전하는 햇살의 말을
청색 종이에 받아쓰며 하루를 건너간다
나무들의 푸른 거실을 나는
번역 투의 문장처럼 걸어다녔다

●●●

이 열여섯 행을 쓰기 위해서 나는 쉰 두 행의 언어를 남획했습니다. 그러는 사이, 이백서른 자의 언어는 시가 되었고 나머지 육백스무 자의 언어는 시 밖으로 밀려났습니다. 시의 육체 속으로 들어오지 못한 그 말들은 어느 외진 산골짜기에서 저를 불러주지 않은 나를 원망하고 있을지도 모릅니다.

　시는 잘나고 못난 언어들과의 끊임없는 줄 당기기입니다. 시 속으로 들어온 말들에겐 감사를, 시 속으로 들어오지 못한 말들에겐 위로를 보내야 합니다. 다른 손에 닿았으면 어느새 화사한 꽃을 피웠을 그 말들, 그러나 무늬와 결이 안 맞아서 내 시의 몸이 되지 못한 말들, 그 아이들이 못내 안타까워 여기, 산문의 행간에서 그들을 호명합니다.

　　산은 노동의 하루를 제 옷 안에 묻어두고 내일을 위해 쌀알 같은 별빛을 지붕으로 내려보낸다 햇빛이 쏟아놓은 풀물 찍어 시를 쓰면 하루는 푸름으로 물든다 푸름은 생의 정맥이었으니 여기선 내일이 어디까지 왔느냐 묻지 않는다 그렇습니다. 이 말들은 결코 못난 아이들이 아닙니다. 저렇게 반짝이는 눈빛을 보세요. 그 눈빛에 묻어 있는 언어들을 보세요. 굳이 손에 잡히지 않는 내일이 어디까지 왔느냐고 묻지 않겠다고 하지 않습니까. 사람은 내일이 있다는 믿음으로 삶을 살아가지만 그러나 내일보다 소중한 것은 오늘입니다. 오늘은 우리가 만질 수 있지만 내일은 만질 수 없습니다. 그러기에 로마의 시인 호라티우스는 그의 시 〈오데스Odes〉에서 '카르페디엠carpe diem'이라고 일찍이 노래하지 않았습니까. 오늘을 놓치지 말고 즐기라는 뜻이랍니다.

위 여섯 행만이 자신을 불러달라고 칭얼대는 아이들이 아닙니다. 걔들만 아니라 저도 불러주세요, 하고 얼굴을 드는 아이들이 아직도 뒷줄에서 기다리고 있습니다. 그 아이들이 소풍 가는 아이들처럼 소란해지기 전에 다시 이름을 불러주어야 합니다.

열매를 만나려고 공중으로 올라간 꽃들이 씨앗이 될 때 그때 스스로 즐거워진 나뭇잎들은 건반 소리를 낸다 그것이 흙으로 깊어진 나무들의 생애다 오늘이 검은 외투를 갈아입으면 하루의 막내딸 같은 첫 별이 뜬다 어두울수록 기다림은 수숫대처럼 키가 크고 그리움은 제 그리움에 지쳐 저 혼자 산을 넘는다 너의 흰 옷이 꽃잎으로 물들 때 너는 색연필로 약속이라고 일기에 써라 하마터면 쌀알처럼 귀한 이 말들이 망각의 언덕 너머로 사라질 뻔했습니다. 나는 아직도 이 말들이 왜 나의 시에 들어오지 못했는지를 설명할 수 없습니다. 그것은 아마도 한껏 예뻐진 분홍 꽃잎이 제 몸을 안 보이는 풀숲에 숨겨두고 혼자 즐거워하는 까닭이라 하면 될 것 같습니다. 분홍 꽃잎은 흙이 되기 전에는 더 예뻐지려고 제 몸에 분홍을 놓치지 않거든요. 강물에 떠내려가면서도 끝내 제 분홍을 거머쥐고 있거든요.

나는 지금도 무지개가 가고 싶은 곳은 동쪽 하늘이 아니라 그보다 더 아름답고 먼 어느 나라일 거라고 생각합니다. 그런 상상을 펼칠 땐 누구든 열세 살 소년으로 돌아갑니다. 그러나 나보다 더 무지개를 좋아했던 시인이 있습니다. 영국의 시인 윌리엄 워즈워스입니다. 그는 '무지개를 볼 때마다 가슴이 뛴다'고 노래했습니다. 일생을 그래스미어라는 산골 호반에서 수선화와 이야기를 나누며 살았던 그는 일생 여든 살의 소년이었습니다. 그래스미어는 '풀잎 호수'라는 뜻입니다. '어린이는 어른의 아버지'라는 명구名句가 그래서 태어납니다. 시인은 누구나 이러한 명구를 찾아 서른 날 서른 밤을 헤맵니다. 그러나 명구라 해서 모두 시의 육체가 되는 것은 아닙니다.

하루만 더 견디라고 꽃잎에게 말하면 음계처럼 떨어져 내리는 낙화 누가 명명한 오늘이 제 옷을 벗어 나뭇가지에 걸면 사람들은 어둠으로 걸어가 별을 불러온다 꽃은 나무가 전하고 싶은 언어다 인간의 언어와 나무의 언어가 다를 때 그 물음들이 아지랑이의 사다리를 올라 구름에 닿는다 봄날은 전권 미명薔薇으로 채워진 한 권의 책 읽어도 읽어도 다 못 읽어 페이지가 남는 명저다

나는 풀과 꽃과 햇빛과 바람을 사랑합니다. 그러나 아직도 그들을 위해 한 벌의 입성도 장만하지 못했습니다. 그러기에 줄곧 나는 시의 언어로 초록의 생애가 거룩함을 노래했습니다. 그것으로 속죄를 빌었다고 해도 될까요? 이 시간도 나무는 서로 몸을 기대고 풀들은 꽃잎 저고리를 공중으로 벗어던지고 있습니다.

그립다는 말 대신

햇볕 한 다발 들고 그대 오시면 풀잎처럼 그댈 맞겠습니다
바람처럼 그대 오시면 깃발처럼 그댈 맞겠습니다

아프지 말라는 말 약봉지처럼 단추에 매어놓았습니다
잊지 말고 밥 챙겨 먹으라는 말 숟가락에 담아놓았습니다

눈으로 맞으라는 말 가슴으로 맞으라는 말로 바꾸겠습니다

그대 오시면 저녁 이슬이 되어 그대 머리카락에 매달리겠습
니다
그대 오시면 파아란 나뭇잎이 되어 그대 옷깃에 펄럭이겠습
니다

●●●

그립다는 말은 거기에 닿아보고 싶다는 말입니다. 기다린다는 말은 마음속에 햇살 한 줄기가 스며온다는 말입니다. 사랑한다는 말은 목소리를 듣고 싶다는 말, 덮어두어도 바람 소리같이 귀에 울린다는 말입니다. 시도 무언가가 그리워서 쓰는 것 아니겠습니까. 거기에 가보고 싶어서, 그를 만나고 싶어서, 그가 기다려져서 쓰는 게 아닙니까. 그에게 이슬처럼 스미고 싶어서, 그에게 햇살처럼 안기고 싶어서 쓰는 게 아닙니까. 어디선가 그의 목소리가 바람에 불려 와서 그 목청에 귀를 닿을 수 없어 연필을 쥐고 종이에 옮길 때, 거기서 시가 태어나는 것 아니겠습니까. 세상의 서정시란 모두 그리운 마음들이 남긴 아름다운 흔적입니다. 사람의 마음 가운데 가장 알록달록하고 달콤하고 애틋한 말이 그립다는 말 외에 또 있습니까. 다른 마음으로는 도저히 대신할 수 없는 꽃망울 같은 마음, 세상의 아름다운 시는 그렇게 태어납니다.

그리움은 이렇게 보슬비 같고 도랑물 소리 같고 낙엽 지는 소리 같고 그에게로 가는 발자국 소리 같습니다. 우리가 나태해져서 정신이 흐린 물 같을 때 시는 한 방울 이슬로 정신을 씻어주는 청량제가 되기도 합니다. 아무리 달래도 마음이 먼지로 덮여 있을 땐 그 마음을 샘물로 씻어 파란 이파리를 돋우어보려고 우리는 시를 읽습니다.

쓰는 것과 읽는 것의 차이는 백지 한 장 차이이거나 동전의 안팎입니다. 얼마나 그리움이 컸으면 영국 시인 앤드루 마블은 그의 시 〈수줍어하는 연인에게〉에서 '나는 백 년 동안은 너의 눈썹을 사랑하면서 보내고 / 이백 년 동안은 너의 젖무덤을 경모하면서 보내겠다 / 그리고 남은 천 년은 너의 남은 육체를 사랑하겠다'고 노래했겠습니까. 그리고 마블의 시를 읽으면서, 우리는 왜 그의 시구절이 허황된 말의 장난이거나 닿을 수 없는 허장성세라고 생각하지 않습니까. 누구라도 참말 그리워하고 사랑한다면 그러할 수 있겠다고 생각하며 그의 시를 읽지 않습니까.

이 시는 작곡가 최병석이 창작곡을 만들어 어느 연주회에 올리겠다고 부탁해서 쓴 노래시입니다. 노래 가사에 묻어 있는 그리움이 연주회의 막을 열고 창을 넘어 푸른 하늘에 닿을 수 있으면 좋겠습니다. 노랫말을 쓰는 것은 많은 제약이 따릅니다. 나는 그런 제약을 생각하면서 이 시를 썼습니다. 노랫말은 연주자의 입 모습을 연상하면서 써야 하니까요.

> 그립다는 말은 거기에 닿아보고 싶다는
> 말입니다. 기다린다는 말은 마음속에
> 햇살 한 줄기가 스며온다는 말입니다.
>
> 사랑한다는 말은
> 목소리를 듣고 싶다는 말,
> 덮어두어도 바람 소리같이
> 귀에 울린다는 말입니다.

너의 그림자
─ 그리운 마음

바람은 불어 불어 청산을 가고

냇물은 흘러 흘러 천 리를 가네

냇물 따라 가고 싶은 나의 마음은

추억의 꽃잎을 따며 가는 내 마음

아… 엷은 손수건에 얼룩이 지고

아쉬운 내 마음을 옷깃에 감추고 가는 세월

발길마다 밟히는 너의 그림자

이 시 역시 노랫말로 지은 시입니다. 1975년이라 생각됩니다. MBC〈수요음악회〉에서 부를 노래의 가사를 지어달라는 부탁을 받았습니다. 때는 삼월이었고 바람이 쌀쌀하고 차가웠습니다. 시를 쓰는 사람에겐 시는 어휘 선택의 자유가 주어지지만 노랫말은 노래로 불러야 한다는 이유 때문에 어휘 선택의 폭이 좁아집니다. 우선 언어가 쉬워야 하고 기다림이라거나 그리움이라거나 하는 정감이 울림을 대동해야 합니다. 그래서 첫봄의 쌀쌀한 감정과 그리움이라는 나지막한 감상感傷을 한데 엮어 시를 만들었습니다. 노랫말을 만드는 동안 시인들은 대개 이 말이 악보에 담길 때 어떤 선율로 태어날까를 궁금해하면서 말을 고릅니다. 나도 그런 마음으로 시어를 골랐습니다. 말을 고를 때 귓속에는 그 말이 곡이 되어 흐르는 악절을 이명처럼 듣습니다.

이 곡이 완성되었을 때 나는 만족했습니다. 내가 시어를 고르고 시를 만들 때 귓속으로 들었던 그 곡이 몸이 되어 태어난 것입니다. 곡은 작곡가 김동환 선생이 만든 것입니다. 나는 그때까지 김동환 선생을 만난 적이 없었습니다. 곡은 약속대로 MBC〈수

요음악회〉에 방송을 타고 나갔습니다. 얼마쯤 지났을까요. 이 곡이 한 번 방송을 타자 날개를 달았습니다. 많은 성악가들이 불렀고 곧이어 〈한국가곡 100곡선〉으로 취입이 되었습니다. 그런 뒤다시 고등학교 음악 교과서에도 수록되었습니다. 지금은 그보다더 많은 성악가들이 부른다는 말을 들었고, 외람되게도 가곡 음원 차트 1위에 올랐다는 말도 들었습니다.

이 노랫말은 처음에는, '아… 엷은 손수건에 얼룩이 지고 / 찌들은 내 마음을 옷깃에 감추고 가는 삼월 / 발길마다 밟히는 너의 그림자'였습니다. 그런데 많은 성악가들이 나에게 '삼월'이라는 말 때문에 이 노래를 '삼월'밖엔 부르지 못하니 일 년 중 어느계절에 불러도 되는 말로 고쳐달라고 거듭거듭 주문을 해왔습니다. 그래서 나는 '삼월'을 '세월'로 고치고, '찌들은'을 '아쉬운'으로 바꾸었습니다. 그 뒤 이 곡을 합창곡으로 고쳐달라는 주문도있었는데 그 주문을 작곡가 김동환 선생에게 전했습니다만 아직은 합창곡으로 완성되지는 않은 듯합니다.

'2002년 월드컵'이 한국에서 열렸을 때, 나는 그해의 대학 연수회에 참가했습니다. 연수회라야 기껏 한 학기를 마친 뒤 대학에서 베푸는 일박 이일의 여행이었고 행선지는 충주 호반이었습니다. 일행은 펜션에서 일박한 뒤 이튿날 아침 호반의 유람선을 타고 충주호를 한 바퀴 돌았습니다. 나는 이 크루즈에서 무심코 확성기를 통해 나오는 음악을 들었습니다. 그런데 그 음악이 바로

〈그리운 마음〉이었습니다.

나는 그때 생각했습니다. 아, 음악이 가는 곳은 이렇게 멀고 넓구나, 그 미지의 세계를 음악은 날개를 달고 날아다닐 수 있구나. 그러면서 나는, 시와 음악의 차이는 무엇인가? 내가 지금껏 쓴 시가 천 편이 넘지만 어느 날엔가는 그 시는 사라지고 저 음악만 남는 것은 아닌가 생각했습니다. 시는 시집의 책장을 열지 않으면 눈에 들어오지 않습니다. 그러나 음악은 스스로 우리를 찾아오는 감미로운 친구입니다. 가끔 행사에 참석해서 듣는 이 곡을 이제는 '나의 것'이라고 할 수가 없습니다. 이 곡은 이제 여러분 모두의 것입니다.

우리의 하늘은 언제나 푸릅니다

이슬은 누구를 위해서가 아닌 저 자신을 위해 반짝입니다. 바람은 누굴 위해서가 아닌 저 자신의 살아 있음을 보여주기 위해 산과 강을 건넙니다. 먼 곳에 수많은 꽃들을 피워놓고 온 햇빛은 그다소곳하고 아름다운 마을의 이야기를 사람의 말로 전해주지 않습니다. 이슬과 바람과 햇빛이 전해주지 않는 이야기를 시 아닌 무엇으로 당신의 가슴까지 운반해 드릴 수 있겠습니까?

강가의 흰 모래알은 누구와 대화하려고 저리도 온몸으로 반짝이는 걸까요? 나비 날아와 앉으면 아래로 처지는 바지랑대는 그 작은 무게를 얼마나 기다렸을까요? 글 속에서 지저귀는 산새 소릴 듣고 문장 속에 흐르는 개울물 소릴 음미할 수 있는 길이 달리 없다면 나와 함께 시라는 자드락길을 걸어보면 어떻겠습니까?

아직도 나는 새가 노래하는지 울음 우는지를 몰라 궁금합니다. 노란 꽃이 까아만 씨앗을 머리에 달 때까지 문득문득 머리에 떠오르는 이름, 그것이 그리움이고 사랑, 그것이 살아가는 나날의 힘이고 자양 아니겠습니까.

오늘 나의 하루는 내 귀를 적시고 가는 사람의 발자국 소리로 저물 것입니다. 그러면 저녁 등불 올려놓고 작아서 애틋한 이야 기를 시라는 그릇에 담아볼까 합니다.

이 책의 작은 시 이야기들로 여러분의 며칠이 따습고 행복해질 수 있으면 좋겠습니다. 안심하세요. 하늘은 언제나 푸릅니다. 그 푸름은 누구의 것도 아닌 우리 모두의 것입니다.

2021년 가을

햇살이 추녀 끝에 고추잠자리를 데리고 놀러 온 날

이기철李起哲

우리 집으로 건너온 장미꽃처럼
시가 이렇게 왔습니다

1판 1쇄 인쇄 2021년 10월 12일
1판 1쇄 발행 2021년 10월 22일

지은이   이기철

펴낸이   임지현
펴낸곳   (주)문학사상
주소   경기도 파주시 회동길 363-8, 201호 (10881)
등록   1973년 3월 21일 제1-137호

전화   031)946-8503
팩스   031)955-9912
홈페이지 www.munsa.co.kr
이메일   munsa@munsa.co.kr

ISBN 978-89-7012-523-7 (03810)

＊잘못 만들어진 책은 구입하신 서점에서 바꿔드립니다.
＊책값은 표지 뒷면에 있습니다.